U0081083

精準單字、例句、錄音，
讓你輕鬆備考無煩惱！

重點1

精選關鍵必考單字，
用最少的時間掌握最多分數！

　　日文單字的數量如此龐雜，讓你苦惱不知從何下手嗎？本書彙整歷屆日檢N5出題頻率最高的單字，讓你可以在有限的時間內精準掌握必考單字，以「關鍵單字」來戰勝「單字總量」。日檢備考也可以很輕鬆！

重點2

用母語人士的邏輯，
學會直覺單字記憶法！

　　覺得用あ－い－う－え－お來做記憶分類效果不彰嗎？本書以あ－か－さ－た－な－は－ま－や－ら－わ排序分類成十個單元，並區隔名詞和動詞，讓你擺脫外國人的學習方式，學會用母語人士的邏輯來記憶單字。讓學習更直覺，答題更快速！

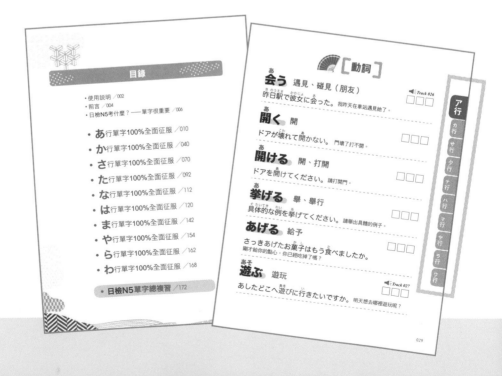

目錄

- 使用說明 /002
- 前言 /004
- 日檢N5考什麼？──單字很重要 /006

- **あ**行單字100%全面征服 /010
- **か**行單字100%全面征服 /040
- **さ**行單字100%全面征服 /070
- **た**行單字100%全面征服 /092
- **な**行單字100%全面征服 /112
- **は**行單字100%全面征服 /120
- **ま**行單字100%全面征服 /142
- **や**行單字100%全面征服 /154
- **ら**行單字100%全面征服 /162
- **わ**行單字100%全面征服 /168

- 日檢N5單字總複習 /172

［動詞］

会う 遇見、碰見（朋友）
昨日駅で彼女に会った。 我昨天在車站遇見她了。
◀ Track 026

開く 開
ドアが壊れて開かない。 門壞了打不開。

開ける 開、打開
ドアを開けてください。 請打開門。

挙げる 舉、舉行
具体的な例を挙げてください。 請舉出具體的例子。

あげる 給予
さっきあげたお菓子はもう食べましたか。
剛才給你的點心，你已經吃掉了嗎？

遊ぶ 遊玩
あしたどこへ遊びに行きたいですか。 明天想去哪裡遊玩呢？
◀ Track 027

ア行
カ行
サ行
タ行
ナ行
ハ行
マ行
ヤ行
ラ行
ワ行

029

重點3

示範例句難度適中，讓你快速熟悉考試特性！

好的例句，是背單字的神隊友；不好的例句，只會加劇學習時的挫折感。本書精心撰寫針對N5程度的例句，對準備N5日檢的考生而言難度適中，不僅可以幫助讀者理解單字的運用方式，鞏固記憶；更可以幫助讀者在短時間內適應考試特性，從容應試！

重點4

隨堂小測驗馬上練，即時檢視單元學習成果！

本書的每個單元後面都有「隨堂小測驗」，一方面讓讀者可以馬上驗收每個單元的學習成果，幫助讀者即時檢視自己的學習成效，發現不足之處可以立刻回過頭來加強。另一方面也鞏固記憶，提高讀者對各單元內容的掌握度。全書讀完後，更有總複習測驗進一步鞏固全書知識。

隨堂小測驗

請根據題意，選出正確的選項。

（　）1.「あそこ」で待ってくれませんか。
　　　（A) 他的　　（B) 昨天　　（C) 那裡　　（D) 這裡

（　）2. この靴を試着しても「いい」ですか。
　　　（A) 差的　　（B) 說　　（C) 慢的　　（D) 好的、可以

（　）3. 今は会社に「居ます」。
　　　（A) 有、在　（B) 居住　　（C) 住宅　　（D) 缺席

（　）4. 二階の「エスカレーター」で会おう。
　　　（A) 電梯　　（B) 樓梯　　（C) 造生出口　（D) 手扶梯

（　）5.「おまわりさん」、お疲れ様です。
　　　（A) 郵差　　（B) 巡警　　（C) 老師　　（D) 鄰居

解答：1.(C)　2.(D)　3.(A)
　　　4.(D)　5.(B)

まえがき ＞ 前言

　　學好日文，不僅可以讓你在日本不受語言限制，來一場深度旅遊，還可以讓你在申請日本學校時有更多選擇，甚至是在現今國際往來密切的職場上有過人的優勢。正如同英文有多益、托福或雅思等英文能力檢定考試，可以幫助你檢視自己的學習成果，並證明自己的語言能力。日文也有日檢認證，是被日本各級學校、公司等採納的重要語言能力證明。

　　那麼要如何學好日文、通過日檢呢？日文學習如此繁複，又該從何下手呢？若一定要從許多重點中挑一個著手，作為日文學習的首要攻克目標，那麼答案非「日檢單字」莫屬。不論學習什麼語言，單字都是最重要的基石，唯有認真堆砌穩固的基石，才能在其上建立良好的整體語言能力。蓋因單字是組成句子的基礎，即使是對日文一知半解，只要學會單字的意思，用對單字就可以讓別人大致猜出你想表達的意思。況且單字在日檢考試中不僅僅是讓你讀懂題目的「配角」而已，更有許多題目是為特定單字量身打造，這種分數如果沒有順利拿到，真的非常吃虧！

　　本書擺脫以往日語學習書所採的編寫方式，按日本人的語言邏輯，特別以あ一か一さ一た一な一は一ま一や一ら一わ排序分類成十個單元，並區隔名詞、形容詞和動詞，讓你不再用外國人的思維學日文，改以母語人士的邏輯來記憶單字。讓學習更直覺，答題更快速！搭配專為N5程度所撰寫的例句與外師親錄音檔，讓你聽、説、讀、寫全方位學會日檢單字。

　　希望本書的貼心巧思可以減輕讀者們的學習負擔，讓日文單字不再是學習日文的大魔王，並幫助各位考生順利考取日檢認證。大家一起加油吧！

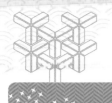

目錄

- 使用說明／002
- 前言／004
- 日檢N5考什麼？──單字很重要／006

- **あ**行單字100%全面征服／010
- **か**行單字100%全面征服／040
- **さ**行單字100%全面征服／070
- **た**行單字100%全面征服／092
- **な**行單字100%全面征服／112
- **は**行單字100%全面征服／120
- **ま**行單字100%全面征服／142
- **や**行單字100%全面征服／154
- **ら**行單字100%全面征服／162
- **わ**行單字100%全面征服／168

- **日檢N5單字總複習**／172

日檢N5考什麼？──單字很重要

　　正如同準備任何形式的考試，要考好日檢，我們首先要知道日檢的考試範圍、測驗方式，才能做出相對應的準備。綜觀以下考試科目及說明，日文單字的掌握程度對日檢各科目考試都有極大的影響。

為什麼單字很重要？

　　日本語能力試驗（日檢）屬於國際性測驗，供世界各國日語學習者、日語使用者檢測日語的能力，日檢的成績可以直接反映出受試者的日文能力。由日檢的考試說明，可以看出考試科目雖然有區分「言語知識（文字‧語彙）」、「言語知識（文法）‧讀解」與「聽解」，但是單字的運用卻不限於文字語彙試題。如果不具備足夠的單字量，不了解單字的涵義，那自然就無法全盤理解文章或對話內容，「言語知識（文法）‧讀解」與「聽解」科目的成績自然也不會好。因此，單字的學習是日檢考前準備的首要目標！

日檢N5所需的語言知識

　　能大致理解基礎日語。

【讀】能看懂以平假名、片假名或一般日常生活使用之基本漢字所書寫之固定詞
　　　句、短文及文章。

【聽】在課堂上或周遭等日常生活中常接觸之情境中，如為速度較慢之簡短對話，
　　　可從中聽取必要資訊。

日檢N5的考試內容

日檢N5的考試科目包含「言語知識（文字‧語彙）」、「言語知識（文法）‧讀解」與「聽解」，各科測驗內容如下。

❶「言語知識（文字‧語彙）」：

包含「漢字讀法」、「漢字書寫」、「前後關係」與「近義替換」。

❷「言語知識（文法）‧讀解」：

包含「句子語法」、「文章語法」、「內容理解（短篇、中篇）」與「訊息檢索」。

❸「聽解」：

包含「問題理解」、「重點理解」、「語言表達」與「即時應答」。

日檢N5考試			
測驗科目	第一節	第二節	第三節
	言語知識（文字‧語彙）	言語知識（文法）‧讀解	聽解
考試時間	20分鐘	40分鐘	30分鐘
成績分項	言語知識（文字‧語彙‧文法）‧讀解 0～120分		聽解 0～60分
通過門檻（單項）	38分		19分
通過門檻（總分）	80分		

※測驗時間可能視情況有所變更。另，「聽解」測驗時間依試題錄音之不同而有異。

JLPT　N5

あ／ア行

［一般名詞］

あいさつ
挨拶　招呼、問候（―する：打招呼）

🔊 *Track 001*

せんせい あさ あいさつ
先生に朝の挨拶をちゃんとしましたか。
早上有好好向老師打過招呼了嗎？

アイスクリーム　冰淇淋

だい ぶ ぶん こ ども だい す
大部分の子供たちはアイスクリームが大好きです。
大部分的孩子都喜歡冰淇淋

あいだ
間　……之間

ゆうびん きょく あいだ
郵便局とスーパーの間にコンビニがあります。
郵局與超市之間有便利商店。

あお
青　藍色（少數時候指綠色）

こうさ てん しんごう あお
交差点の信号は青になった。十字路口的信號燈轉綠了。

あか
赤　紅色

にじ なないろ なか あか だい す
虹の七色の中で、赤が大好きです。彩虹的七個顏色中，我最喜歡紅色。

あき
秋　秋天、秋季

🔊 *Track 002*

あき
もうすぐ秋になります。就快到秋天了呢。

朝 <ruby>朝<rt>あさ</rt></ruby> 早上

お<ruby>父<rt>とう</rt></ruby>さんは<ruby>毎日<rt>まいにち</rt></ruby><ruby>朝<rt>あさ</rt></ruby>から<ruby>晩<rt>ばん</rt></ruby>まで <ruby>働<rt>はたら</rt></ruby>いている。

爸爸每天都從早工作到晚。

□□□

朝ご飯 <ruby>朝<rt>あさ</rt></ruby>ご<ruby>飯<rt>はん</rt></ruby> 早餐

<ruby>朝<rt>あさ</rt></ruby>ご<ruby>飯<rt>はん</rt></ruby>は<ruby>何<rt>なに</rt></ruby>を<ruby>食<rt>た</rt></ruby>べましたか。 早餐吃了些什麼呢？

□□□

明後日 <ruby>明後日<rt>あさって</rt></ruby> 後天

<ruby>明後日<rt>あさって</rt></ruby>のコンサートは<ruby>楽<rt>たの</rt></ruby>しみです。 我真期待後天的演唱會。

□□□

足 <ruby>足<rt>あし</rt></ruby> 腳

<ruby>足<rt>あし</rt></ruby>をけがして、<ruby>運動会<rt>うんどうかい</rt></ruby>に<ruby>参加<rt>さんか</rt></ruby>できない。

我的腳受傷了，沒有辦法參加運動會。

□□□

味 <ruby>味<rt>あじ</rt></ruby> 味道

🔊 *Track 003*

あの<ruby>飲<rt>の</rt></ruby>み<ruby>物<rt>もの</rt></ruby>はどんな<ruby>味<rt>あじ</rt></ruby>がしますか。

那個飲料喝起來是什麼味道？

□□□

明日 <ruby>明日<rt>あした</rt></ruby> 明天

<ruby>明日<rt>あした</rt></ruby>は<ruby>何<rt>なに</rt></ruby>をするつもりですか。 明天你有什麼計畫嗎？

□□□

あそこ　那裡、那兒

あそこで待ってくれませんか。可以在那裡稍等一下嗎？

あたし　我（女生稱自己）

あたしのどこが好きですか。你喜歡我的哪裡呢？

頭　頭、腦筋

息子さんは本当に頭がいい子です。您的兒子很聰明呢。

あちら　那裡、那邊

Track 004

あちらの塩を取ってくれませんか。
可以把那裡的鹽巴遞給我嗎？

後　後面、以後

この後何をしますか。你在這之後要做些什麼呢？

あなた　你、妳、您

あなたの力を貸してください。請你助我一臂之力。

兄　哥哥

兄は会社の社長です。我的哥哥是公司的社長。

姉 **あね** 姉姉

姉は銀行に勤めています。 我的姐姐在銀行上班。
あね *ぎんこう* *つと*

アパート 公寓

Track 005

駅近くのアパートに住んでいます。 我住在車站附近的公寓。
えきちか *す*

油 **あぶら** 油

天ぷらを油で揚げる。 將天婦羅以油炸過。
てん *あぶら* *あ*

余り **あま** 剩餘、過於……而……

（形容詞：過分／副詞：過於……、不怎麼……）

給料の余りでかばんを買いたい。我想用剩餘的薪水來買包包。
きゅうりょう *あま* *か*

雨 **あめ** 雨

雨が降っています。 現在在下雨。
あめ *ふ*

飴 **あめ** 糖

飴と鞭で子供を教育する。以糖飴與鞭來教育孩子。
あめ *むち* *こども* *きょういく*

アメリカ 美國

Track 006

アメリカに行った事がありますか。你有去過美國嗎？
い *こと*

アルバイト　打工

夏休みにアルバイトに行こうと思ってる。　暑假我想去打工。

あれ　那個

あれは 弟 さんですか。　那是你弟弟嗎？

イギリス　英國

来週イギリスへ旅行に行く。　下週要去英國旅行。

いくつ　幾個

あといくつほしいですか。　還需要幾個呢？

いくら　多少錢

◀ *Track 007*

この靴はいくらですか。　這雙鞋要多少錢呢？

池　池塘

庭に大きな池があります。　庭院裡有個很大的池塘。

生け花　花道、插花（——をします：插花）

母親の趣味は生け花をすることです。　我的母親的興趣是插花。

石（いし） 石頭 □□□

靴（くつ）の中（なか）に石（いし）が入（はい）っているみたい。 鞋子裡好像有石頭。

医者（いしゃ） 醫生 □□□

将来（しょうらいいしゃ）医者になりたいです。 我將來想成為醫生。

椅子（いす） 椅子 ◀☰ *Track 008* □□□

そこの椅子（いす）に座（すわ）ってください。 請坐在那張椅子上。

イタリア 義大利 □□□

イタリアに行（い）った事（こと）がありません。 我沒有去過義大利。

一（いち） 一、第一 □□□

富士山（ふじさん）は日本一（にほんいち）の山（やま）です。 富士山是日本最高的山。

いちご 草莓 □□□

お母（かあ）さんがいちごを買（か）ってくれた。
媽媽買了草莓給我。

カ行 サ行 タ行 ナ行 ハ行 マ行 ヤ行 ラ行 ワ行

あ行
か行
さ行
た行
な行
は行
ま行
や行
ら行
わ行

いちど
一度　一次　□□□
一度だけアメリカに行ったことがあります。
我只有去過一次美國。

いちにち
一日　一整天
◀ *Track 009*　□□□
これは一日分の仕事です。　這是一整天份的工作。

いちばん
一番　一號、第一名（副詞：最……）　□□□
彼は期末試験で一番になった。　他在期末考時中拿到了第一名。

いっ
何時　什麼時候　□□□
来年の運動会は何時ですか。　明年的運動會在何時呢？

いつか
五日　五號（日期）、五天　□□□
五月五日は彼女の誕生日です。　五月五號是她的生日。

いっしょ
一緒　一起、一樣　□□□
一緒に食事に行きませんか。　要不要一起去吃飯呢？

いつ
五つ 五個、五歲

わたし　むすめ　ことし　いつ
私 の 娘 は今年五つになる。 我的女兒今年五歲。

いつも 平常（副詞：總是）

かのじょ　　　　　　おな　　ところ　　すわ
彼女はいつも同じ 所 に 座っています。 她總是坐在同樣的地方。

いとこ 堂（表）兄弟姐妹

きのう　　　　　　　　　　はな　　　　　　　　　　あそ　　き
昨日いとこの花ちゃんがうちに遊びに来ました。
昨天表妹小花來我家玩。

いぬ
犬 狗

マンションで犬を飼えません。 在公寓內不能養狗。
いぬ　　か

いま
今 現在、馬上

いま　　なに
今は何をしていますか。 你現在在做些什麼呢？

い　み
意味 意思

たんご　　　　　　　　　い　み
この単語はどういう意味ですか。 這個單字是什麼意思？

いもうと
妹 （自己的）妹妹

いもうと　ことし　しょうがくせい
妹 は今年 小 学生になった。 我的妹妹在今年成為小學生了。

あ行
か行
さ行
た行
な行
は行
ま行
や行
ら行
わ行

妹さん 〔いもうと〕 稱呼別人的妹妹、令妹

妹さんはいくつですか。 令妹今年幾歲了？

イヤリング 垂墜耳環

あなたのと同じイヤリングを持っていますよ。
我有和你一樣的耳環喔。

入口 〔いりぐち〕 入口

出口は入口と一緒です。 出口和入口是同一個。

色 〔いろ〕 顏色

Track 012

色の中で一番好きなのは何色ですか。
顏色之中你最喜歡的是什麼顏色？

インド 印度

インドに行った事がありますか。 你有去過印度嗎？

インドネシア 印尼

インドネシアに行った事がない。 我沒有去過印尼。

上 〔うえ〕 上面、上方

机の上に置いてください。 請放在桌子上。

受付 うけつけ 詢問處、櫃台、接待人員
（—する：受理）

□ □ □

受付で聞いてみたらわかると思う。
向接待人員詢問的話也許就能了解了。

牛 うし 牛

◀ *Track 013*

□ □ □

牛はどのように鳴くのですか。 牛是怎麼叫的？

後ろ うし 後面、背面

□ □ □

後ろに何か付いていますよ。 你背後好像沾上了東西喔。

歌 うた 歌曲

□ □ □

一緒に歌を歌いましょう。 一起來唱歌吧！

内 うち 裡面、時候

□ □ □

雨が降っているから、早く内に入って。
在下雨了，趕快進來裡面吧！

うち 家

□ □ □

今度うちへ遊びに来てくださいね。 下次來我家玩吧。

うで
腕 手臂、能力

◀ *Track 014*

彼は事故に巻き込まれて腕を痛めた。
他被捲入意外傷到了手臂。

うどん
うどん 烏龍麺

そばよりもうどんの方が好きです。
和蕎麥麺比起來，我比較喜歡烏龍麺。

うみ
海 海

先週友達と海に行きました。　上星期和朋友去了海邊。

う　ば
売り場 賣場

母はそこの売り場で働いている。　母親在那邊的賣場工作。

うわ　ぎ
上着 上衣、外衣

お母さんの上着は何色ですか。　你媽媽的上衣是什麼顏色的？

うんてん
運転 駕駛、運作

◀ *Track 015*

（―する：駕駛、運作）

車が運転できますか。　你會開車嗎？

絵 畫　□□□

かれ　え　か　　　　　　じょうず
彼は絵を描くことがとても上手 だ。 他非常擅長畫畫。

エアコン　空調　□□□

エアコンを買い替えたいです。 我想換台新的空調。
　　　　　　か　か

映画　電影　□□□
えい が

どんな映画が好きですか。 你喜歡怎樣的電影呢？
　　　えい が　す

映画館　電影院　□□□
えい が かん

かれ　　　えい が かん　　も　ぬし
彼はその映画館の持ち主です。 他是那間電影院的擁有者。

英語　英文
えい ご

◀ *Track 016* □□□

えい ご　　おし　　　せんせい
英語を教える先生はとてもきれいです。
教英文的老師非常漂亮。

駅　車站　□□□
えき

えき　　　　　なん
ここから駅までは何キロですか。 從這裡到車站有幾公里？

エスカレーター　手扶梯　□□□

に かい　　　　　　　　　　　　　あ
二階のエスカレーターで会おう。 我們約在二樓的手扶梯吧！

ア行
カ行
サ行
タ行
ナ行
ハ行
マ行
ヤ行
ラ行
ワ行

エレベーター　電梯　□□□

そのマンションはエレベーターがない。那棟公寓沒有電梯。

円（えん）　日圓　□□□

今度（こんど）の旅行（りょこう）は三万円（さんまんえん）かかった。這次的旅行總共花費了三萬日圓。

エンジニア　工程師、技師　🔊Track 017　□□□

彼（かれ）はコンピューターのエンジニアになりたいと思（おも）っています。他的志願是成為電腦工程師。

鉛筆（えんぴつ）　鉛筆　□□□

今（いま）鉛筆（えんぴつ）を使（つか）う人（ひと）が少（すく）なくなった。現在越來越少人使用鉛筆了。

大阪（おおさか）　大阪　□□□

大阪（おおさか）に行（い）きたいです。我想去大阪。

大勢（おおぜい）　（人數）眾多地　□□□

デパートには人（ひと）が大勢（おおぜい）います。百貨公司裡人很多。

［お］母さん（かあ）　媽媽、母親　□□□

お母（かあ）さんはおいくつですか。令堂今年貴庚？

[お]菓子 點心

このお菓子を食べてもいいですか。 我能吃這個點心嗎？

[お]金 金錢

お金がたくさんほしい。 我希望有大量的金錢。

[お]金持ち 有錢人

将来お金持ちになりたい。 我將來想成為有錢人。

奥さん 尊夫人、夫人

奥さんはきれいですね。 尊夫人相當美麗呢！

[お]酒 酒

お酒が飲みたいです。 我想喝酒！

伯父、叔父 （自己的）伯父、叔叔

彼はあたしの叔父です。 他是我的叔叔。

おじいさん 爺爺

私のおじいさんは警察官です。 我的爺爺是位警察。

押し入れ（おしいれ）　壁櫥

布団を押し入れにしまってくれる？
你能幫我把棉被收進壁櫥裡嗎？

おじさん　伯父、叔叔、舅舅等男性長輩

そのおじさんはだれですか。　那位伯父是誰啊？

［お］茶（ちゃ）　茶、茶葉

お茶を飲みませんか。　你不喝茶嗎？

夫（おっと）　（自己的）丈夫

Track 020

夫と一緒に買い物に行きました。　和先生一起去買東西。

お釣り（おつり）　找錢

三十円のお釣りをください。　請找三十日圓。

［お］手洗い（おてあらい）　洗手間

ちょっとお手洗いに行ってきます。　我去個洗手間。

音（おと）　（事物發出的）聲音、聲響

何の音ですか。　什麼聲音啊？

お父さん 爸爸 □□□

お父さんの仕事は何ですか。您父親從事什麼工作？

弟 弟弟
🔊 *Track 021* □□□

弟はまだ卒業していなくて、大学生です。

我弟弟還沒畢業，還是個大學生。

弟さん 稱呼別人弟弟 □□□

弟さんは今年おいくつですか。您的弟弟今年幾歲了？

男 男人 □□□

男として、それは情けないでしょ。對男人來說，那樣子很可憐吧！

男の子 男孩子 □□□

庭で男の子が遊んでいます。 男孩在庭院裡玩。

男の人 男子 □□□

あの男の人はちょっと怪しいです。 那名男子有些奇怪。

一昨日（おととい） 前天　　🔊 *Track 022* ☐☐☐

一昨日（おととい）はどこにいましたか。 前天你人在哪裡呢？

一昨年（おととし） 前年　　☐☐☐

一昨年（おととし）のあの事件（じけん）はいまだに忘（わす）れられない。

前年的那個事件我至今仍未忘記。

大人（おとな） 成人、成熟　　☐☐☐

早（はや）く大人（おとな）になりたい。 我想趕快長大成人。

お腹（なか） 肚子　　☐☐☐

もう、お腹（なか）いっぱいです。 已經吃不下了。

お兄さん（にい） 哥哥　　☐☐☐

優（やさ）しいお兄（にい）さんがほしい。 我想要有個溫柔的哥哥。

おにぎり 飯糰　　🔊 *Track 023* ☐☐☐

おにぎりの具（ぐ）は何（なに）がいいですか。 你飯糰想要包什麼餡呢？

お姉さん　姉姉

□□□

お姉さんはきれいですね。姉姉很漂亮呢！

[お] 願い　拜託

□□□

お願い、静かにしてください。拜託大家，請保持安靜。

伯母、叔母　伯母、姑母

□□□

私の叔母は看護士です。我的姑母是位護理師。

お婆さん　奶奶、外婆

□□□

優しいお婆さんが大好き。我最喜歡溫柔的奶奶了！

おばさん　伯母、姑母等女性長輩

◀ *Track 024*

□□□

おばさんは今どこですか。伯母現在在哪裡呢？

[お] 風呂　浴池、浴室

□□□

お風呂に入ってください。請去洗澡。

[お] 弁当　便當

□□□

お母さんが作ったお弁当は美味しいです。媽媽做的便當真好吃。

おまわりさん 巡警

おまわりさん、お疲れ様です。巡警先生，辛苦您了！

オレンジ 柳橙、橘色

オレンジジュースならいくらでも飲めます。
如果是柳橙汁的話，再多我都喝得下。

おんがく
音楽 音樂

Track 025

音楽が好きな人は決して悪い人ではない。
喜歡音樂的人絕對不會是壞人。

おんな
女 女人

あの女の言ったことは信じられません。
那個女人說的話不可信。

おんな こ
女の子 女孩子

あの女の子 はとてもかわいいです。那個女孩子真可愛！

おんな ひと
女の人 女子

その赤い服を着ている女の人はだれですか。
那位穿著紅色衣服的女子是誰啊？

[動詞]

会う　遇見、碰見（朋友）
Track 026

昨日駅で彼女に会った。我昨天在車站遇見她了。

開く　開

ドアが壊れて開かない。門壞了打不開。

開ける　開、打開

ドアを開けてください。請打開門。

挙げる　舉、舉行

具体的な例を挙げてください。請舉出具體的例子。

あげる　給予

さっきあげたお菓子はもう食べましたか。
剛才給你的點心，你已經吃掉了嗎？

遊ぶ　遊玩
Track 027

あしたどこへ遊びに行きたいですか。明天想去哪裡遊玩呢？

あびる　淋、浴

☐☐☐

日光_{にっこう}をあびることが大好_{だいす}きです。 我喜歡沐浴於陽光之中。

洗_{あら}う　洗

☐☐☐

手_てを洗_{あら}ってきます。 我去洗手。

有_ある　有

☐☐☐

みんなは携帯電話_{けいたいでんわ}が有_ある。 大家都有手機。

在_ある　在

☐☐☐

私_{わたし}の学校_{がっこう}はそのコンビニの 隣_{となり} に在_ある。

我的學校在那間便利商店的隔壁。

歩_{ある}く　走

🔊 *Track 028*

☐☐☐

食事_{しょくじ}のあと、歩_{ある}いて帰宅_{きたく}した。 吃完飯之後走路回家。

言_いう　說、講

☐☐☐

彼_{かれ}が言_いったことは事実_{じじつ}ですか。 他說的是事實。

行く 去、往
きのうどこへ行きましたか。你昨天去哪裡了？

居る 有、在
今は会社に居ます。 我現在在公司。

要る 需要
友達になるのに理由は要りません。 成為朋友不需要理由。

Track 029

歌う 唱、唱歌
あしたカラオケへ歌いに行きませんか。
明天要去唱卡拉ＯＫ嗎？

売る 賣
その靴はどこで売っていますか。 那雙鞋哪裡有賣？

起きる 醒、起來
何時に起きればいいのでしょうか。幾點起床比較好呢？

置く <ruby>お<rt></rt></ruby> 擺放

適当に置いてください。 請隨便找個地方放。

怒る <ruby>おこ<rt></rt></ruby> 生氣

もう言わないから、怒らないで。 我不說了，你別生氣。

教える <ruby>おし<rt></rt></ruby> 教授、指導

◀ *Track 030*

その機械の扱い方を教えてください。
請教我那台機器的使用方法。

押す <ruby>お<rt></rt></ruby> 按、推

あのボタンを押してください。 請按那個按鍵。

踊る <ruby>おど<rt></rt></ruby> 跳舞

一緒に踊ろうよ。 一起來跳舞嘛。

覚える <ruby>おぼ<rt></rt></ruby> 記得

去年のあの事件はまだ覚えている。 我還記得去年的那個事件。

泳ぐ 〔およ〕 游泳（—する：游泳）

□□□

公園の池ではあひるたちが泳いでいる。
〔こうえん〕〔いけ〕〔およ〕

公園的池子裡有鴨兒們在游水。

終わる 〔お〕 結束

□□□

冬休みは終わりました。 寒假結束了。
〔ふゆやす〕〔お〕

Note

....

....

....

....

....

形容詞

あお
青い　藍色的

🔊 *Track 031*

青い空を見ると、幸せだと思う。
看見藍色的天空，我感到很幸福。

あか
赤い　紅色的

彼女は赤い服を着ている。　她穿著紅色的衣服。

あか
明るい　明亮的

外はまだ明るい。　外頭還很亮。

あたた　　　あたた
暖かい、温かい　溫暖的、溫熱的

父親の手が温かい。　爸爸的手很溫暖。

あたら
新しい　新的

娘に新しい服を買ってあげた。　我給女兒買了新的衣服。

あつ　　　あつ
暑い、熱い　熱的

🔊 *Track 032*

今年の夏は特に暑いです。　今年的夏天特別的熱。

厚い 厚的

この本は厚くて重いです。 這本書又厚又重。

危ない 危險的

高所に立つのは危ないです。 站在高處是很危險的。

甘い 甜的

甘いケーキが大好きです。 我最喜歡甜甜的蛋糕了。

あんな 那樣的

あんな人とは二度と会いたくない。
那種人我不想再見到第二次。

いい 好的

Track 033

この靴を試着してもいいですか。 可以試穿這個鞋子？

忙しい 忙碌的

お父さんの仕事はいつも忙しいです。
父親的工作總是很繁忙。

いた
痛い 痛的、痛苦的　□□□

お腹が痛いので、お医者さんに行く。
因為肚子很痛，所以要去看醫生。

いや
嫌 討厭的　□□□

ちょっと嫌な感じがする。有種不好的感覺。

いろいろ
色々 各式各樣的　□□□

図書館には色々な本があります。　圖書館裡有各式各樣的書。

うす
薄い 薄的、淺的　◀️ *Track 034*　□□□

パンを薄く切ってください。請將麵包切薄片。

うるさい 嘈雜的、囉嗦的、講究的　□□□

外がうるさくて眠れない。　外頭吵得我睡不著。

うれ
嬉しい 欣喜的　□□□

来てくれて嬉しいです。　很高興你能來。

おい
美味しい 美味的、好吃的　□□□

母親の手料理はすごく美味しいです。母親做的料理非常好吃。

多い 多的

☐☐☐

ここは観光客がいつも多いです。 這裡一直都有很多觀光客。

大きい 大的

🔊 Track 035

☐☐☐

手の大きい男の人が好きです。 我喜歡手大的男生。

遅い 慢的、晚的

☐☐☐

もう遅いから、早く家に帰りなさい。 已經很晚了，趕快回家吧。

同じ 相同的

☐☐☐

あなたのと同じ本を持っています。 我有和你一樣的書。

重い 重的

☐☐☐

かばんが重いですが、何を入れましたか。
包包很重呢，裡面都放了些什麼呢？

面白い 有趣的、有意思的

☐☐☐

この漫画は面白かったです。 這部漫畫真有意思。

ア行
カ行
サ行
タ行
ナ行
ハ行
マ行
ヤ行
ラ行
ワ行

隨堂小測驗

請根據題意，選出正確的選項。

（　）1.「あそこ」で待ってくれませんか。

   (A) 他的　　　　(B) 昨天　　　　(C) 那裡　　　　(D) 這裡

（　）2. この靴を試着しても「いい」ですか。

   (A) 差的　　　　(B) 説　　　　　(C) 慢的　　　　(D) 好的、可以

（　）3. 今は会社に「居ます」。

   (A) 有、在　　　(B) 居住　　　　(C) 住宅　　　　(D) 缺席

（　）4. 二階の「エスカレーター」で会おう。

   (A) 電梯　　　　(B) 樓梯　　　　(C) 逃生出口　　(D) 手扶梯

（　）5.「おまわりさん」、お疲れ様です。

   (A) 郵差　　　　(B) 巡警　　　　(C) 老師　　　　(D) 鄰居

解答：1. (C)　　2. (D)　　3. (A)
　　　　4. (D)　　5. (B)

JLPT N5

か / カ 行

[一般名詞]

Track 036

カード 卡片

クレジットカードは使えますか。　可以使用信用卡嗎？

階（かい） 樓

そのショップは何階にありますか。　那間店在幾樓？

会議（かいぎ） 會議（―する：開會）

今は会議中で、入ってはいけない。　現在在會議中，不可進入。

会議室（かいぎしつ） 會議室

社長は今会議室にいます。　社長現在在會議室。

外国（がいこく） 外國

外国へ行った事がありますか。　你有去過外國嗎？

外国人（がいこくじん） 外國人

Track 037

あの外国人はどの国の人ですか。　那位外國人來自哪個國家？

かいしゃ
会社　公司
□□□

その会社が社員を募集している。　我應徵了那家公司的職員。

かいしゃいん
会社員　公司職員
□□□

彼氏は昔あの会社の会社員でした。
我男朋友以前是那間公司的職員。

かいだん
階段　樓梯
□□□

二階の階段で待ってくれませんか。
可以在二樓的樓梯處等我嗎？

か　もの
買い物　買東西（―する：買東西）
□□□

母親は買い物に行きましたか。　媽媽去買東西了嗎？

かお
顔　臉、面子
🔊 *Track 038*
□□□

娘の喜ぶ顔が見たい。　我想看見女兒喜悅的臉。

かぎ
鍵　鑰匙
□□□

鍵をどこにおいたのか忘れた。　我忘記把鑰匙放在哪裡了。

ア行

カ行

サ行

タ行

ナ行

ハ行

マ行

ヤ行

ラ行

ワ行

がくせい
学生　學生

□ □ □

そこに学生がいっぱいいる。　那裏有好多學生。

かさ
傘　雨傘

□ □ □

雨が降るから、傘を持って行ってください。會下雨，請帶著雨傘。

か しゅ
歌手　歌手

□ □ □

今テレビに映っているのは私の大好きな歌手です。
現在出現在電視上的是我非常喜歡的歌手。

かぜ
風　風

🔊 *Track 039*

□ □ □

風で木が倒れました。　風吹倒了樹木

か ぜ
風邪　感冒

□ □ □

風邪を引かないように、注意してください。　請注意不要
感冒了。

か ぞく
家族　家人

□ □ □

彼女は何人家族ですか。　她家有幾個人呢？

かた
肩　肩膀
かた　　か
肩を貸してあげてもいいよ。　我可以幫助你喔，

かた
方　～位（ひと的敬語）
かた　　　　　　　　　　さま
この方はどちら様でしょうか。　這位是哪位？

かたかな
片仮名　片假名
Track 040
かたかな　　　おぼ
片仮名を覚えてください。　請記住片假名。

がつ
月　～月（月份）
く　がつ　　　はい
九月に入りました。　進入九月了。

がっこう
学校　學校
かれ　まいにちある　　　　　がっこう　　かよ
彼は毎日歩いて学校に通っている。　他每天走路上學。

カップ　杯子
ご　にんぶん　　　　　　　　か
五人分のカップを買った。　我買了五人份的杯子。

かど
角　角落、轉角
かど　　　ひだり　　へ　ま
その角で左へ曲がってください。　請在那個轉角左轉。

家内（かない） (自己的)妻子

Track 041

家（いえ）のことは家内（かない）に任（まか）せている。　家裡的事我都交給妻子。

彼女（かのじょ） 她、女朋友

彼女（かのじょ）とはどこで知（し）り合（あ）ったんですか。　你和她是在哪裡認識的？

鞄（かばん） 書包、皮包

私（わたし）の鞄（かばん）はその机（つくえ）の上（うえ）にあります。我的皮包放在那個桌子上。

花瓶（かびん） 花瓶

友達（ともだち）からきれいな花瓶（かびん）をもらいました。
朋友給了我一個漂亮的花瓶。

歌舞伎（かぶき） 歌舞伎(日本傳統舞蹈)

彼（かれ）の趣味（しゅみ）は歌舞伎（かぶき）を見（み）る事（こと）です。　他的興趣是看歌舞伎。

髪（かみ） 頭髮

Track 042

昨日（きのう）髪（かみ）の毛（け）を切（き）りに行（い）きました。　我昨天去剪頭髮了。

かみ
紙 紙
☐☐☐

かみ ゆび き
紙で指を切ってしまった。 手指被紙割到了。

カメラ 相機
☐☐☐

つか
ここではカメラを使ってはいけない。 這裡不能使用相機。

か よう び
火曜日 星期二
☐☐☐

か よう び
火曜日にデートしよう。 星期二去約會吧！

カラオケ 卡拉OK
☐☐☐

こうこうせい い
高校生はよくカラオケに行きます。 高中生常常去卡拉OK。

からだ
体 身體
🔊 *Track 043*
☐☐☐

からだ ちょうし
体 の調子はどうですか。 身體的狀態如何？

かれ
彼 他、男朋友
☐☐☐

かれ しんぱい
みんなは彼のことを心配しています。 大家都在擔心他。

カレー 咖哩
☐☐☐

むすこ だい す
息子はカレーが大好きです。 兒子超喜歡咖哩。

カレンダー　日暦、月暦

今使っているカレンダーは友達からもらったものです。
現在用月曆是朋友給的。

川　河川

川にゴミを捨ててはいけない。　不可以把垃圾往河裡丟。

韓国　韓國

Track 044

韓国に行った事がないです。　我沒去過韓國。

韓国語　韓語

私は週一で韓国語教室に通っている。
我每週會去上一次韓文課。

漢字　漢字

この漢字はどう読みますか。　這個漢字要怎麼唸？

木　樹、樹木

木に登ることは危ないです。　爬樹很危險。

黄色　黃色

あの黄色のレインコートを着ている人は誰ですか。
那個穿著黃色雨衣的人是誰啊？

Track 045

祇園 祭 　祇園祭 (京都知名慶典)　□□□

今年の祇園 祭 はいつですか。　今年的祇園祭什麼時候舉行？

季節 　季節　□□□

かき 氷 の季節がまたやってきました。　又到了吃刨冰的季節了。

北 　北方　□□□

どちらが北ですか。　哪邊是北方？

ギター 　吉他　□□□

ギターが弾ける人を尊敬している。　我很尊敬會彈吉他的人。

喫茶店 　咖啡店、茶館　□□□

放課後みんなで一緒に喫茶店に行こう。
放學後大家一起去咖啡店吧！

キッチン　廚房

Track 046

キッチンで何(なに)をしていますか。　你在廚房做什麼？

切手(きって)　郵票

彼(かれ)の趣味(しゅみ)は切手(きって)を収集(しゅうしゅう)することです。
他的興趣是蒐集郵票。

切符(きっぷ)　車票

早(はや)く切符(きっぷ)を買(か)ったほうがいいよ。　早點買車票比較好。

昨日(きのう)　昨天

昨日(きのう)は何(なに)をしましたか。　昨天你做了些什麼？

機能(きのう)　機能（—する：發揮機能）

この機械(きかい)の機能(きのう)はとても便利(べんり)です。　這個機械的機能非常便利。

着物(きもの)　衣服、和服

Track 047

おばあちゃんが着物(きもの)の着付(きつ)けを教(おし)えてくれた。
奶奶教我怎麼穿和服。

きゅう
九　九

□ □ □

今回のテストで九点しか取れなかった。
這次的小考我只拿到九分。

ぎゅうどん
牛丼　牛肉蓋飯

□ □ □

その店の牛丼はとても有名です。　那家店的牛肉蓋飯非常有名。

ぎゅうにく
牛肉　牛肉

□ □ □

父親は牛肉を食べない。　父親不吃牛肉。

ぎゅうにゅう
牛乳　牛奶

□ □ □

牛乳はあまり好きじゃない。　我不太喜歡牛奶。

きょう
今日　今天

◀ *Track 048*

□ □ □

今日は雨です。　今天是雨天。

きょうしつ
教室　教室

□ □ □

教室を離れないでください。　請不要離開教室。

きょうだい
兄弟　兄弟、兄弟姉妹

彼女は三人兄弟です。　她家兄弟姉妹共有三人。

きょねん
去年　去年

去年のあの事件は印象深いです。
我對去年的那個事件印象深刻。

キロ［グラム］　公斤

そのテーブルは何キロですか。　那張桌子幾公斤？

キロ［メートル］　公里

◀ *Track 049*

ここからそこまでは何キロですか。　從這裡到那裏有幾公里。

きんかくじ
金閣寺　金閣寺 (京都著名景點)

金閣寺はとても有名な観光地です。
金閣寺是非常有名的觀光景點。

ぎんこう
銀行　銀行

姉はその銀行の経理をしています。
姐姐擔任那間銀行的會計職務。

銀行員 <ruby>銀行員<rt>ぎんこういん</rt></ruby>　銀行員

わたしはあの<ruby>銀行員<rt>ぎんこういん</rt></ruby>の<ruby>態度<rt>たいど</rt></ruby>が<ruby>不満<rt>ふまん</rt></ruby>です。
我對那個銀行員的態度很不滿。

金曜日 <ruby>金曜日<rt>きんようび</rt></ruby>　星期五

<ruby>金曜日<rt>きんようび</rt></ruby>にちゃんと<ruby>休<rt>やす</rt></ruby>んでください。　星期五請好好休息。

草 <ruby>草<rt>くさ</rt></ruby>　草

Track 050

<ruby>庭<rt>にわ</rt></ruby>の<ruby>草<rt>くさ</rt></ruby>は <ruby>私<rt>わたし</rt></ruby> の<ruby>腰<rt>こし</rt></ruby>まで<ruby>伸<rt>の</rt></ruby>びました。
庭院裡的草已經長到和我的腰一樣高了。

薬 <ruby>薬<rt>くすり</rt></ruby>　藥

<ruby>薬<rt>くすり</rt></ruby> を<ruby>飲<rt>の</rt></ruby>む<ruby>時間<rt>じかん</rt></ruby>ですよ。　到吃藥的時間了喔！

果物 <ruby>果物<rt>くだもの</rt></ruby>　水果

<ruby>果物<rt>くだもの</rt></ruby>の<ruby>中<rt>なか</rt></ruby>で、<ruby>何<rt>なに</rt></ruby>が<ruby>一番<rt>いちばん</rt></ruby><ruby>好<rt>す</rt></ruby>きですか。　你最喜歡哪種水果？

口 <ruby>口<rt>くち</rt></ruby>　口、嘴

<ruby>彼女<rt>かのじょ</rt></ruby>の <ruby>料理<rt>りょうり</rt></ruby>は口に<ruby>合<rt>あ</rt></ruby>わない。　她的料理不合我的口味。

あ行
か行
さ行
た行
な行
は行
ま行
や行
ら行
わ行

くつ
靴　鞋子

靴を履いてください。　請穿鞋子。

くつした
靴下　襪子

Track 051

その店は靴下の専門店です。　那間電視襪子的專賣店。

くに
国　國家

その外国人はどの国の人ですか。　那個外國人來自哪個國家？

くび
首　脖子、頭顱

寝違えて首が回らない。　落枕脖子轉不了。

くも
雲　雲

今は雲が全然見えない。　現在完全看不到雲。

くも
曇り　陰天

明日は曇りだと予測されている。　明天預測是陰天。

クラス　班級

Track 052

このクラスの委員長はだれですか。　這個班級的班長是誰？

グラス　玻璃杯
□ □ □

お気(き)に入(い)りのグラスを割(わ)ってしまった。
不小心把喜歡的玻璃杯打破了。

グラム　公克
□ □ □

1リットルの水(みず)に3グラムの塩(しお)を入(い)れる。
在1公升的水中加入3克的鹽。

クリスマス　聖誕節
□ □ □

クリスマスに何(なに)をする予定(よてい)なんですか。　你聖誕節有什麼計畫？

車(くるま)　車子
□ □ □

私(わたし)たちは遊園地(ゆうえんち)へ車(くるま)で行(い)った。　我們開車去遊樂園。

黒(くろ)　黑色

◀ Track 053
□ □ □

彼女(かのじょ)はいつも黒(くろ)の服(ふく)を着(き)ている。　她總是只穿黑色的衣服。

警官(けいかん)　警察
□ □ □

将来(しょうらいけいかん)警官になりたいです。　我將來希望成為警察。

ケーキ　蛋糕
□ □ □

ケーキの上(うえ)のいちごはいつ食(た)べますか。
蛋糕上的草莓你會什麼時候吃？

今朝（けさ） 今天早晨

今朝（けさ）何時（なんじ）に起（お）きましたか。 你今天早上幾點起床？

景色（けしき） 景色

いい景色（けしき）だね。 景色真美呢！

消しゴム（け） 橡皮擦

Track 054

消（け）しゴムを買（か）いに行（い）きます。 我去買橡皮擦。

結婚（けっこん） 結婚（―する：結婚）

結婚（けっこん）してください。 請和我結婚。

月曜日（げつようび） 星期一

約束（やくそく）の日（ひ）は月曜日（げつようび）ですか。 約定好的日子是星期一嗎？

県（けん） 縣

千葉県（ちばけん）はすごくいいところです。 千葉縣真是個好地方。

玄関（げんかん） 門口、大門

お客（きゃく）さんは玄関（げんかん）で待（ま）っている。 客人在大門等著。

元気 (げんき) 精神、健康

Track 055

娘（むすめ）さんは元気（げんき）のいい子（こ）ですね。 您女兒是很有精神的孩子呢！

個 (こ) ～個

りんごを三個（さんこ）ください。 請給我三顆蘋果。

公園 (こうえん) 公園

子供（こども）たちは公園（こうえん）で遊（あそ）んでいる。 孩子們在公園玩。

交差点 (こうさてん) 十字路口

その交差点（こうさてん）で起（お）こった交通事故（こうつうじこ）が多（おお）い。
那個十字路口時常發生交通事故。

紅茶 (こうちゃ) 紅茶

この紅茶（こうちゃ）はどこで買（か）いましたか。 這個紅茶是在那裡買的？

交番 (こうばん) 派出所

Track 056

交番（こうばん）へ行（い）ってお巡（まわ）りさんを呼（よ）んできました。
我去派出所把警察找來了。

ア行　カ行　サ行　タ行　ナ行　ハ行　マ行　ヤ行　ラ行　ワ行

神戸（こうべ） 神戸

□□□

神戸港（こうべこう）の夜景（やけい）はすごくきれいです。 神戸灣的夜景非常漂亮。

声（こえ） （生物發出的）聲音

□□□

この人（ひと）の声（こえ）はどこかで聞（き）いたことがあります。
這個人的聲音我在哪裡聽過。

コート 大衣

□□□

入（はい）る前（まえ）に、コートを脱（ぬ）いでください。 進來前請先脫掉大衣。

コーヒー 咖啡

□□□

コーヒーを飲（の）んだら落（お）ち着（つ）ける。 喝咖啡就能鎮定下來了。

コーラ 可樂

🔊 *Track 057*

□□□

コーラは美味（おい）しいけど、体（からだ）によくないです。
可樂很好喝，但對身體不好。

ご家族（かぞく） 家人 (客氣用語)

□□□

ご家族（かぞく）は最近（さいきん）どうですか。 您家人最近都還好嗎？

ご兄弟（きょうだい） 兄弟姊妹 (客氣用語)

□□□

ご兄弟との関係はどうですか。 您跟您兄弟姊妹的關係如何？

ここ　這裡 (近己方)　□□□

ここは私の母校です。 這裡是我的母校。

午後　下午　□□□

午後五時に終了しました。 下午五點結束了。

Track 058

九日　九號、九天　□□□

今月の九日に何か予定がありますか。

這個月的九號你有什麼預定嗎？

九つ　九個、九歲　□□□

猫は九つの命があるという伝説を聞いた事があります
か。 你有聽說過貓咪有九條命的傳說嗎？

ご主人　丈夫 (客氣用語)　□□□

ご主人の帰宅時刻は何時ですか。 您丈夫的回家時間是幾點？

午前　上午　□□□

この活動は午前九時から開催する。
這個活動上午的九點開始舉行。

こた
答え　答案

☐☐☐

答えをここに書いてください。　請將答案寫在這裡。

こちら　這邊 (ここ的禮貌型)

🔊 *Track 059*

☐☐☐

こちらに向かってください。　請朝向這邊。

コップ　杯子、玻璃杯

☐☐☐

コップが足りないので、買ってくれませんか。
杯子不夠了，可以幫忙買嗎？

ことし
今年　今年

☐☐☐

今年は二十歳になった。　今年要二十歲了。

ことば
言葉　言語、言詞

☐☐☐

この言葉の意味はよく分かりません。
我不是很清楚這個詞的意思。

こども
子供　孩子、兒女

☐☐☐

彼らは子供の教育をとても重視している。
他們很重視對孩子的教育。

ご飯 　米飯

昼ご飯を食べましたか。　你吃午飯了嗎？

コピー　影本（―する：影印、複印）

この通知書をコピーしてくれませんか。
這個通知書可以影印給我嗎？

細かいお金　零錢

タクシーに乗るとき、細かいお金を準備しておいたほうがいい。　搭乘計程車時，先準備零錢比較好。

ご両親　父母（客氣用語）

今ご両親はご在宅ですか。　您父母現在在家嗎？

ゴルフ　高爾夫球

社長の趣味はゴルフです。　社長的興趣是高爾夫球。

これ　這個

これは誰の傘ですか。　這是誰的傘？

こんげつ
今月 本月

こんげつ　ついたち　わたし　たんじょう び
今月の一日は 私 の誕 生 日です。 本月的一號是我的生日。

こんしゅう
今 週 本週

こんしゅう　　どようび　　なに
今 週の土曜日に何をするつもりですか。
本週的星期六有什麼預定嗎？

コンタクトレンズ 隱形眼鏡

　　　　　　　　　　　　お　　　　　　　　　　　み
コンタクトレンズを落としてしまって見つからない。
隱形眼鏡掉了找不到。

こんばん
今晩 今晩

こんばん　　　ちゅうもん　なん
今晩のご 注 文は何ですか。 今晩要點些什麼？

コンビニ 便利商店

　　　　　　　　　　　　　か　い
コンビニにミルクを買いに行きます。 我去便利商店買牛奶。

コンピューター 電腦

ちょきん　　　　　　　　　　　　　　　か
貯金して、コンピューターを買いたい。 我想存錢買電腦。

［動詞］

カ行
サ行
タ行
ナ行
ハ行
マ行
ヤ行
ラ行
ワ行

🔊 *Track 062*

か
買う　買

☐ ☐ ☐

コンビニに飲み物を買いに行く。　我去便利商店買飲料。

か
飼う　飼養

☐ ☐ ☐

うちは猫を飼っています。　我家有養貓。

かえ
返す　歸還

☐ ☐ ☐

前貸した本を返してください。　請把之前借給你的書還給我。

かえ
帰る　回覆、回來

☐ ☐ ☐

十時ごろ家に帰るつもりです。　預計十點左右回家。

かかる　花費 (時間、金錢)

☐ ☐ ☐

六年かかって、やっと卒業できた。　花了六年，總算是畢業了。

か
書く　書寫

☐ ☐ ☐

名前を書くのを忘れないでください。　請別忘了寫上名字。

<ruby>掛<rt>か</rt></ruby>ける   蓋、掛上

Track 063

<ruby>父<rt>ちち</rt></ruby>が<ruby>窓<rt>まど</rt></ruby>にカーテンを<ruby>掛<rt>か</rt></ruby>けた。　父親將窗戶掛上窗簾了。

<ruby>貸<rt>か</rt></ruby>す   借出

<ruby>消<rt>け</rt></ruby>しゴムを<ruby>貸<rt>か</rt></ruby>してください。　請借我橡皮擦。

かぶる   戴上

<ruby>日<rt>ひ</rt></ruby>が<ruby>強<rt>つよ</rt></ruby>いので、<ruby>帽子<rt>ぼうし</rt></ruby>をかぶってください。

太陽很大，請戴上帽子。

<ruby>借<rt>か</rt></ruby>りる   借入

<ruby>図書館<rt>としょかん</rt></ruby>から<ruby>本<rt>ほん</rt></ruby>を<ruby>借<rt>か</rt></ruby>りました。　從圖書館借了書。

<ruby>聞<rt>き</rt></ruby>く、<ruby>聴<rt>き</rt></ruby>く   聽、打聽

ちょっと<ruby>黙<rt>だま</rt></ruby>って。ラジオを<ruby>聴<rt>き</rt></ruby>いているから。

稍微安靜一點，我在聽收音機。

<ruby>刻<rt>きざ</rt></ruby>む   剁碎、雕刻、銘記、鐘錶計時

<ruby>玉<rt>たま</rt></ruby>ねぎを<ruby>小<rt>ちい</rt></ruby>さく<ruby>刻<rt>きざ</rt></ruby>んでください。　請將洋蔥剁碎成小塊。

<ruby>着<rt>き</rt></ruby>る   穿

Track 064

その制服を着ている子は 私 の 娘 です。
穿著那個制服的孩子是我的女兒。

ア行

き
切る   剪、切、割   □□□

カ行

あした髪の毛を切りに行くつもりです。　預定明天去剪頭髮。

サ行

く
来る   來   □□□

タ行

ちょっと待って。彼はもうすぐ来るから。
等一下，他馬上就來了。

ナ行

け
消す   關掉、消除   □□□

ハ行

電気を消してください。　請關掉電燈。

マ行

こま
困る   感到困擾、難為   □□□

ヤ行

それじゃ困ります。　那樣我會很困擾的。

ラ行

ワ行

形容詞

かな
悲しい　悲傷的

Track 065

悲しい時には空を見上げよう。　傷心難過時就抬頭看看天空吧。

から
辛い　辣的、鹹的

辛いのはちょっと苦手です。　我不擅長吃辣的東西。

かる
軽い　輕的

軽い布団がほしい。　我想要輕的棉被。

かわい
可愛い　可愛的

彼女はいつも可愛い顔をしている。　她總是有著可愛的表情。

かんたん
簡単　簡單的、單純的

そんな簡単な理由でもわからないですか。
那麼簡單的理由你也不懂嗎？

き いろ
黄色い　黃色的

Track 066

私は黄色い服を買った。 我買了黃色的衣服。

ア行
カ行
サ行
タ行
ナ行
ハ行
マ行
ヤ行
ラ行
ワ行

汚い 髒的

トイレが汚いので、掃除しましょう。
廁所很髒，所以我們來打掃一下吧！

厳しい 嚴厲的、嚴峻的

父はとても厳しいです。 我父親十分嚴厲。

嫌い 討厭的、不喜歡的

野菜と果物が嫌いです。 我討厭蔬菜和水果。

綺麗 美麗的、乾淨的

この町のいいところは綺麗な空気があることだ。
這個城市優點是乾淨的空氣。

暗い 黑暗的、無知的

Track 067

まだ四時だけど、空が暗くなった。 才四點天空就變暗了。

黒い 黑色的

父親は黒い帽子をかぶっている。 父親戴著黑色的帽子。

けっこう
結構　足夠、相當好的、可以

（副詞：很好）

彼が結構な金額を出して、私は驚いた。

他出了頗高的金額，我嚇到了。

げんき
元気　健康的、有精神的

楽しくて、元気な雰囲気を作りたい。

我想製造出歡樂又有精神的氣氛。

こわ
怖い　害怕的

この世で人間より怖いものはありません。

這世上沒有比人更可怕的事物。

こんな　這樣的、這麼

こんなおいしいもの、食べたことがない。

我從沒吃過這麼好吃的東西。

請根據題意，選出正確的選項。

（　）1.「コンビニ」にミルクを買いに行った。

　　　　(A) 超市　　　　(B) 便利商店　　(C) 菜市場　　　　(D) 公司

（　）2. その「交差点」で起こった交通事故が多い。

　　　　(A) 路口　　　　(B) 轉角　　　　(C) 路段　　　　　(D) 十字路口

（　）3. 六年「かかって」、やっと卒業できる。

　　　　(A) 浪費　　　　(B) 花費　　　　(C) 經過　　　　　(D) 超過

（　）4.「ここ」は私の母校です。

　　　　(A) 這裡　　　　(B) 那裡　　　　(C) 遠方　　　　　(D) 哪兒

（　）5. 電気を「消して」ください。

　　　　(A) 消失　　　　(B) 去除　　　　(C) 關掉　　　　　(D) 打開

（　）6. 彼が「結構」な金額を出して、私は驚いた。

　　　　(A) 足夠　　　　(B) 不夠　　　　(C) 稀少　　　　　(D) 高額

（　）7. 約束の日は「月曜日」ですか。。

　　　　(A) 星期二　　　(B) 星期一　　　(C) 星期三　　　　(D) 星期四

（　）8. トイレが「汚い」ので、掃除しましょう。

　　　　(A) 空曠的　　　(B) 髒的　　　　(C) 乾淨的　　　　(D) 狹窄的

解答：1. (B)　　2. (D)　　3. (B)　　4. (A)
　　　5. (C)　　6. (A)　　7. (B)　　8. (B)

JLPT N5

さ/サ 行

［一般名詞］

あ行
か行
さ行
た行
な行
は行
ま行
や行
ら行
わ行

さい ふ
財布 錢包

🔊 *Track 068*

□□□

わたし の **さい ふ** を **み** ましたか。　你有看見我的錢包嗎？
私 の財布を見ましたか。

さかな
魚 魚

□□□

さかな の **た** べ **かた** がちょっと **にがて** です。　我不擅長吃魚。
魚 の食べ方がちょっと苦手です。

さき
先 尖端、前方、先前

□□□

コンビニはこの **さき** にあります。　便利商店在前方
コンビニはこの先にあります。

さくぶん
作文 作文

□□□

た なかくん は **さくぶん** がとても **じょうず** だ。　田中同學很會寫作文。
田中君は作文がとても上手だ。

さくら
桜 櫻花

□□□

らいしゅういっしょ に **さくら** を **み** に **い** きませんか。　下週要一起去看櫻花嗎？
来週一緒に 桜 を見に行きませんか。

さし み
刺身 生魚片

🔊 *Track 069*

□□□

に ほんじん は **さし み** が **だい す** きです。　日本人很喜歡生魚片。
日本人は刺身が大好きです。

サッカー　足球

放課後はよく友達とサッカーをする。 放學後經常和朋友一起踢足球。

雑誌　雑誌

今月の雑誌は出版しましたか。 這個月的雜誌出版了嗎？

砂糖　砂糖

このケーキ、砂糖と塩を間違えました。 這個蛋糕，裡面的糖錯放成鹽了。

皿　盤子

皿を洗ってくれますか。 可以幫忙洗碗嗎？

再来年　後年

Track 070

今年の試験は不合格でしたが、再来年また頑張りましょう。 今年的考試沒有合格，後年再加油吧！

三　三

三時のおやつにドーナツはいかがですか。
下午三點的點心時間，來個甜甜圈怎麼樣呢？

ア行
カ行
サ行
タ行
ナ行
ハ行
マ行
ヤ行
ラ行
ワ行

あ行
か行
さ行
た行
な行
は行
ま行
や行
ら行
わ行

サングラス　太陽眼鏡

□□□

あのサングラスをかけている女性(じょせい)は芸能人(げいのうじん)だそうです。　聽說那位戴著太陽眼鏡的女性是位藝人。

サンダル　涼鞋

□□□

新(あたら)しいサンダルを履(は)いて出掛(でか)けたら靴擦(くつず)れしてしまった。　穿新涼鞋出門結果腳磨破了。

サンドイッチ　三明治

□□□

この店(みせ)のフルーツサンドイッチが大好(だいす)きです。
我超喜歡這間店的水果三明治。

散歩(さんぽ)　散歩（―する：散歩）

🔊 *Track 071*

□□□

食事(しょくじ)のあと、母(はは)と散歩(さんぽ)する。　吃完飯後我跟母親去散步。

四(し)　四

□□□

四月一日(しがつついたち)は何(なん)の日(ひ)か知(し)っていますか。
你知道四月一日是什麼日子嗎？

字(じ)　字

□□□

彼(かれ)が書(か)いた字(じ)はすごく見(み)にくいです。　他寫的字很難看懂。

CD　CD

□□□

あの歌手のＣＤはいつも大ヒットです。
那個歌手的 CD 總是大受歡迎。

しお
塩　鹽巴

□□□

塩を加え過ぎないように注意して。　注意不要加太多鹽巴了。

じかん
時間　時間、時刻

□□□

忙しくて、食事をする時間もない。
太忙了，連吃飯的時間都沒有。

しけん
試験　考試（―する：試驗、實驗）

□□□

大学の入学試験に自信がない。　我對大學的入學考試沒有自信。

しごと
仕事　工作（―する：工作）

□□□

お母さんの仕事は何ですか。　你媽媽是做什麼的？

じしょ
辞書　辭典

□□□

わからないなら、辞書で調べてください。
若不明白的話，請查辭典。

した
下　下面、下方

□□□

机の下に何かありますか。　桌子下方有什麼嗎？

した ぎ
下着　内衣
Track 073

かれ し　　した ぎ　　　えら
彼氏に下着を選んでもらった。　請男友幫我挑內衣。

しち
七　七

しちがつ　　はつか　　ひま
七月二十日は暇ですか。　你七月二十日有空嗎？

しつもん
質問　問題（―する：質問、提問）

なに　　ぎ もん　　　　　　　　しつもん
何か疑問があったら、質問してください。

所有任何疑問，請提問。

じ てんしゃ
自転車　腳踏車

まいにち じ てんしゃ　　がっこう　い
毎日自転車で学校に行く。　我每天騎腳踏車去學校。

じ どうしゃ
自動車　汽車

おっと　　じ どうしゃ　　しごと　　かよ
夫 は自動車で仕事に通っている。　丈夫開車上班。

じ びき
字引　字典
Track 074

じ びき　　しら　　　　　　　　じ　　いみ
字引で調べても、その字の意味がわからない。

即使查了字典還是不懂那個字的意義。

自分 （じぶん） 自己

私は自分の顔があまり好きじゃない。 我不太喜歡自己的臉。

事務所 （じむしょ） 辦公室

社長は事務所で待っています。 社長在辦公室等著。

シャープペンシル 自動鉛筆

息子はシャープペンシルを買いに行った。
兒子去買自動鉛筆了。

社員 （しゃいん） 公司的職員

その会社の社員は何人ですか。 那間公司的職員有幾人？

市役所 （しやくしょ） 市政府

Track 075

私の父は市役所に務めている。 我的父親在市政府工作。

ジャケット 外套

このジャケットはあなたにすごく似合っている。
這件外套非常適合你。

写真 （しゃしん） 照片

写真を撮ってくれませんか。 可以幫我拍照嗎？

シャツ　襯衫

シャツにシミがついてしまった。　襯衫不小心沾上了污漬。

シャワー　淋浴

はは おや
母親がシャワーを浴びている。　母親正在淋浴。

しゃんはい
上海　上海

Track 076

しゃんはい　　　　　　にぎ　　　　ところ
上 海 はとても賑やかな所です。　上海是個很熱鬧的地方。

じゅう
十　十

じゅうかぞ　　　　　め　あ
十 数えたら目を開けて。　數到十的時候就睜開眼睛吧。

しゅうかん
〜週間　〜星期

さんしゅうかん　　　　　　　　　　　　　ほうこく　　かんせい
三 週 間かかって、やっと報告を完成した。
花了三個星期，終於完成報告了。

ジュース　果汁

むすめ　　　　　　　　　　　　　　　　だい す
娘 はオレンジジュースが大好きです。　女兒非常喜歡柳橙汁。

しゅうまつ
週 末　週末

しゅうまつ　　なに　　きかく
週 末に何か企画がありますか。　週末有什麼活動嗎？

十四日（じゅうよっか）

十四日、十四號

二月十四日（にがつじゅうよっか）はバレンタインデーである。

二月十四號是情人節。

授業（じゅぎょう）

上課、課程（―する：授課）

授業（じゅぎょう）が始（はじ）まりますよ。 要上課了。

宿題（しゅくだい）

功課、作業

宿題（しゅくだい）を出（だ）さなかった人（ひと）は立（た）ってください。

沒交作業的人請站起來。

主婦（しゅふ）

主婦

スーパーのタイムセールは主婦（しゅふ）たちの戦場（せんじょう）だ。

超市的限時特賣是主婦們的戰場。

醤油（しょうゆ）

醬油

この料理（りょうり）には醤油（しょうゆ）が必要（ひつよう）です。 這個料理一定要使用醬油。

食事（しょくじ）

用餐、餐點

（―する：用餐、吃飯）

あした一緒（いっしょ）に食事（しょくじ）しませんか。 明天要一起吃飯嗎？

しょくどう
食堂　餐廳、食堂

私は毎日その食堂で食事します。我每天都在那間食堂吃飯。

しろ
白　白色

あの男の子はいつも白の服を着ている。
那個男子總是穿一身白色的衣服。

シンガポール　新加坡

シンガポールは法律が厳しい国です。
新加坡是法律很嚴格的國家。

しんかんせん
新幹線　新幹線

新幹線に乗った事がありますか。　你有搭過新幹線嗎？

しんごう
信号　信號、紅綠燈

Track 079

信号が青になりました。　綠燈了。

しんぶん
新聞　報紙

今日の新聞はどこですか。　今天的報紙在哪裡？

すいえい
水泳　游泳（―する：游泳）

父は 昔 は水泳選手でした。　我父親以前曾是游泳選手。

スイス　瑞士

☐☐☐

スイスはとても平和なところです。　瑞士是非常和平的地方。

スイッチ　開關

☐☐☐

スイッチを切ってください。　請切掉開關。

水曜日　星期三

◀ *Track 080*

☐☐☐

水曜日に彼との約束がある。　星期三和他約好了。

スーツ　西裝

☐☐☐

面接のために、スーツを買った。　為了面試，我買了西裝。

スーパー　超級市場

☐☐☐

お母さんがスーパーに行った。　媽媽去了超級市場。

スープ　湯

☐☐☐

ごはんとスープのおかわりができますよ。
白飯和湯可以再續喔。

スカート　裙子

☐☐☐

パーティーのために、彼女はスカートを買いに行った。
為了派對，她去買了裙子。

スキー　滑雪

今年の冬休みに軽井沢へスキーに行きたい。
今年的寒假我想去輕井澤滑雪。

すき焼き　壽喜燒

楽しい事があったとき、いつもすき焼きを食べたい。
有值得開心的事時，總是想吃壽喜燒。

すし　壽司

大部分の日本人はすしが大好きです。
大部分的日本人喜歡吃壽司。

ストーブ　火爐

こんな寒い日は、本当にストーブがほしい。
這麼冷的天氣，真的想要個火爐。

スパゲッティ　義大利麵

お昼に食べたスパゲッティはあまりおいしくなかった。
中午吃的義大利麵不太好吃。

スプーン　湯匙

あの子はスプーンでスープを飲んでいる。
那個孩子正在用湯匙喝湯。

スポーツ　運動、體育

彼はスポーツ万能で、女の子にモテる。
他運動萬能，很受女孩子歡迎。

ズボン　褲子、長褲

彼はいつも高いズボンをはいている。　他總是穿著很昂貴的褲子。

スリッパ　拖鞋

スリッパを左右履き違えました。　拖鞋左右穿反了。

背　身高

背の高い男の人が好きです。　我喜歡高的男生。

セーター　毛衣

🔊 *Track 083*

その黒いセーターを着ている人は誰ですか。
那個穿著黑色毛衣的人是誰？

世界　世界

世界の中で、一番好きな国はどこですか。
全世界你最喜歡哪個國家？

石鹸　肥皂

石鹸で手を洗った。　用肥皂洗了手。

あ行 か行 さ行 た行 な行 は行 ま行 や行 ら行 わ行

せびろ
背広　西裝

面接のとき、背広を着たほうがいいです。
面試時最好穿著西裝。

ゼロ　零

一億にはゼロがいくつありますか。　一億有幾個零？

Track 084

セロテープ　透明膠帶

彼はセロテープを買いに行った。　他去買透明膠帶了。

せん
千　千

二千円貸していただけませんか。　可以借我兩千日幣嗎？

せんげつ
先月　上個月

先月の十日は彼氏の誕生日です。　上個月的十號是男友的生日。

せんしゅう
先週　上週

先週の日曜日に何をしましたか。　上週日你做了些什麼呢？

せんせい
先生　老師

なに しつもん せんせい き
何か質問があったら、先生に聞いてください。
有問題的話，請詢問老師。

ア行
カ行
サ行
タ行
ナ行
ハ行
マ行
ヤ行
ラ行
ワ行

せんたく
洗濯 洗衣服（―する：洗衣服）　 🔊 *Track 085* □□□

よご ふく はは せんたく
汚れてしまった服を、母がきれいに洗濯してくれた。
媽媽幫我把弄髒的衣服洗乾淨了。

ぜん ぶ
全部 全部 □□□

ぜん ぶ
全部でいくらですか。　總共多少錢？

そうじ
掃除 打掃（―する：打掃） □□□

そうじ
掃除をさぼるな。　打掃時間不要偷懶。

ソース 醬汁、醬料 □□□

かあ つく
お母さんはソースを作っている。　媽媽正在做醬汁。

そくたつ
速達 限時信 □□□

かみ そくたつ おく
この紙を速達で送ってください。　這張紙請用限時信寄出。

そこ 那裡　 🔊 *Track 086* □□□

た だれ
そこに立っている人は誰ですか。　站在那裡的人是誰？

そちら　那邊　□□□

そちらに座_{すわ}っている人_{ひと}は 妹_{いもうと} です。　坐在那邊的人是我妹妹。

そっち　那裡、你那兒　□□□

そっちの人_{ひと}もお入_{はい}りください。　那裡的人也請進。

外_{そと}　外面　□□□

今日_{きょう}は外_{そと}で食事_{しょくじ}しよう。　今天外食吧！

傍_{そば}　旁邊、附近　□□□

私_{わたし}はずっと傍_{そば}にいるよ。　我一直都會在你旁邊喔！

蕎麦_{そば}　蕎麥、蕎麥麵　🔊 *Track 087*　□□□

お昼_{ひる}は久_{ひさ}しぶりに蕎麦_{そば}を食_たべました。　午餐久違地吃了蕎麥麵。

空_{そら}　天空　□□□

飛行機_{ひこうき}が空_{そら}を飛_とんでいく。　飛機飛過天空。

それ　那個　□□□

それは校則違反_{こうそくいはん}の行為_{こうい}です。　那是違反校規的行為。

差す _さ　撐（傘）

🔊 *Track 088*

雨が降ったから、彼女に傘を差してあげた。
下雨了，所以我幫她撐傘。

叱る _{しか}　斥責

いたずらをしてお母さんに叱られた。　因為惡作劇而被媽媽斥責。

死ぬ _し　死亡

父は事故で死んでしまいました。　我父親因意外過世。

閉まる _し　關閉

ドアが閉まります。　門要關了。

閉める _し　關閉

この辺の店は大体何時に閉めますか。
這附近的店家大多幾點關門？

知る し　知道、認識

Track 089

□ □ □

あの人を知りません。　我不認識那個人。

吸う す　吸

□ □ □

たばこを吸わないでください。　請不要吸菸。

住む す　居住

□ □ □

五年前まではここに住んでいました。　我五年前住在這裡。

する　做

□ □ □

あした何をするつもりですか。　你明天打算做些什麼呢？

座る すわ　坐

□ □ □

床に座らないでください。　請不要坐在地板上。

形容詞

寂しい 〔さび〕　孤獨的、寂寞的

彼氏がいなくて、寂しいと思う。　沒有男朋友真是寂寞。

寒い 〔さむ〕　寒冷的

こんな寒い日には起きたくない。　這麼冷的天真不想起床。

静か 〔しず〕　安靜的

こんな静かな夜に、私は一人ぼっちです。

這麼安靜的夜裡，我孤伶伶一個人。

白い 〔しろ〕　白色的

顔色が白いけど、体の状況は大丈夫ですか。

你的臉色很蒼白，身體的狀況還好嗎？

上手 〔じょうず〕　好的、擅長的

みんなの前での上手な話し方を教えてください。

請教我在大家面前能好好說話的方法。

しんせつ
親切　親切的（名詞：好意）

Track 091

かれ　しんせつ　せっ　かた　かんしゃ
彼の親切な接し方に感謝している。　我很感謝他親切的接待方式。

す
好き　喜歡的、愛好的

むすこ　　　す　　　りょうり　　なん
息子さんが好きな料理は何ですか。　您兒子喜歡的料理是什麼？

すく
少ない　少的

たいわん　　　　　　　　　　　ご　　　　　　　　　ひと　すく
台湾でフランス語がしゃべれる人は少ない。
在台灣能說法語的人很少。

すず
涼しい　涼的

すず　　かぜ　ふ
涼しい風が吹いている。　現在正吹著涼風。

すてき
素敵　很棒的

すてき　　おく　　　　　　　うらや
こんなに素敵な奥さんがいて、羨ましいです。
有這麼棒的妻子，真令人羨慕。

せま
狭い　狹窄的、小的(房間)

かれ　へや　せま　　　さんらん
彼の部屋は狭くて、散乱しています。　他的房間很小又很亂。

[副詞]

ア行
カ行
サ行
タ行
ナ行
ハ行
マ行
ヤ行
ラ行
ワ行

<ruby>少<rt>すこ</rt></ruby>し 一點、稍微

Track 092

□ □ □

コーヒーに <ruby>牛乳<rt>ぎゅうにゅう</rt></ruby> を <ruby>少<rt>すこ</rt></ruby>し <ruby>入<rt>い</rt></ruby>れる。 在咖啡裡加入少許牛奶。

✎ Note

....

....

....

....

....

....

請根據題意，選出正確的選項。

(　) 1. 毎日「自転車」で学校に行く。

      (A) 火車　　　(B) 汽車　　　(C) 電車　　　(D) 腳踏車

(　) 2.「水曜日」に彼との約束がある。

      (A) 星期三　　(B) 星期五　　(C) 星期一　　(D) 星期六

(　) 3.「スイッチ」を切ってください。

      (A) 開關　　　(B) 電燈　　　(C) 水果　　　(D) 電動

(　) 4. 雨が降ったから、彼女に傘を「差して」あげる。

      (A) 帶　　　　(B) 差別　　　(C) 收起　　　(D) 撐傘

(　) 5.「背」の高い男の人が好きです。

      (A) 背　　　　(B) 身高　　　(C) 身價　　　(D) 地位

(　) 6.「掃除」をさぼるな。

      (A) 下課　　　(B) 打掃　　　(C) 掃街　　　(D) 去除

(　) 7. みんなの前での「上手」な話し方を教えてください。

      (A) 簡單的　　(B) 輕鬆的　　(C) 擅長的　　(D) 正式的

(　) 8. 台湾でフランス語がしゃべれる人は「少ない」。

      (A) 少的　　　(B) 多的　　　(C) 沒有　　　(D) 普遍的

解答：1. (D)　　　2. (A)　　　3. (A)　　　4. (D)
      5. (B)　　　6. (B)　　　7. (C)　　　8. (A)

JLPT N5

た/タ 行

［一般名詞］

タイ 泰國

Track 093

今度の卒業旅行はタイに行く予定です。
這次的畢業旅行預定去泰國。

大学 大學

大学を卒業して、社会に出る。 大學畢業，並進入社會。

大使館 大使館

大使館までどうやって行きますか。 要怎麼去大使館？

台所 廚房

お母さんは台所で洗い物をしている。 媽媽在廚房洗碗。

タクシー 計程車

もう遅刻だから、タクシーで行きます。
因為已經遲到了，所以搭計程車前往。

卓球 桌球

Track 094

卓球が下手だと言われました。 別人說我桌球打得很差。

たて
縦 縦向

□□□

たてせん か
縦線を書いてください。　請畫直線。

たてもの
建物 建築物

□□□

みどり たてもの ゆうびんきょく
あの 緑 の建物が郵便局 です。　那棟綠色的建築物就是郵局。

タバコ 菸草、菸

□□□

タバコは 体 に悪い影 響 がある。　菸對身體有不好的影響。

た もの
食べ物 食物

□□□

いちばん す た もの なん
一番好きな食べ物は何ですか。　你最喜歡的食物是什麼？

たまご
卵 雞蛋、蛋

◀ *Track 095*

□□□

たまごりょうり つく
卵 料理を作ってあげましょうか。　做雞蛋料理給你吃吧！

だれ
誰 誰

□□□

さっきでんわ ひと だれ
先 電話した人は誰ですか。　剛才打電話來的人是誰？

だれ
誰か 誰、某人

□□□

だれ たす
誰か助けてください。　誰來救救我。

ア行

カ行

サ行

タ行

ナ行

ハ行

マ行

ヤ行

ラ行

ワ行

あ行
か行
さ行
た行
な行
は行
ま行
や行
ら行
わ行

誕生日 （たんじょうび）　生日

お誕生日おめでとうございます。　生日快樂。

ダンス　跳舞、舞蹈

母の趣味はダンスをすることです。　母親的興趣是跳舞。

～段目 （だんめ）　第～層

◀ *Track 096*

このケーキの一段目（いちだんめ）はプリンです。
這個蛋糕的第一層是布丁。

地下 （ちか）　地下

駐車場（ちゅうしゃじょう）は地下二階（ちかにかい）にある。　停車場在地下二樓。

近く （ちか）　附近

この近くに駅がありますか。　這附近有車站嗎？

地下鉄 （ちかてつ）　地下鐵

地下鉄の駅（ちかてつえき）はどこですか。　地下鐵車站在哪裡？

チケット　票

チケットを忘れ（わす）ないでください。　請別忘了票券。

地図 ちず　地圖

Track 097

地図を持っていますか。　你有帶地圖嗎？

父 ちち　父親

私は父親に感謝している。　我很感謝我的父親。

茶色 ちゃいろ　茶色、咖啡色

髪を茶色に染めました。　我把頭髮染成了茶色。

中国 ちゅうごく　中國

中国の歴史はものすごく長いです。　中國的歷史很長。

中国語 ちゅうごくご　中文

中国語の小説は読めますか。　你看得懂中文小說嗎？

チョコレート　巧克力

Track 098

バレンタインデーにチョコレートを好きな人にあげる。
情人節會將巧克力送給喜歡的人。

ついたち
一日　一號
☐☐☐

四月一日には嘘をついてもいいですよ。
四月一號可以說謊。

つき
月　月亮
☐☐☐

部屋の窓から月が見えます。　從房間的窗戶可以看見月亮。

つくえ
机　書桌、桌子
☐☐☐

電子辞書は机の上にあります。　電子辭典放在桌子上。

つま
妻　(自己的)妻子
☐☐☐

妻は私より年上です。　妻子的年紀比我大。

つり
釣り　釣魚
🔊 *Track 099*
☐☐☐

彼の趣味は釣りをすることです。　他的興趣是釣魚。

て
手　手、手段
☐☐☐

手を繋いで、頑張りましょう。　牽起手，一起加油吧。

Ｔシャツ Ｔ恤

娘に私とお揃いのＴシャツを着せた。 我給女兒穿上和我是一套的Ｔ恤。

定食 ていしょく 定食、套餐

お昼の定食は安くて美味しいです。 中午吃的定食便宜又美味。

テープ 錄音帶、帶子

その映画のビデオテープはどこですか。
那個電影的錄影帶在哪裡？

Track 100

テーブル 桌子

まだ引越ししたばっかなので、テーブルがない。
因為剛搬家過來，所以還沒有桌子。

テープレコーダー 錄音機

テープレコーダーは故障してしまいました。 錄音機故障了。

手紙 てがみ 信

母からの手紙を読んで、泣きました。
讀了媽媽給的信，我哭了。

あ行
か行
さ行
た行
な行
は行
ま行
や行
ら行
わ行

出口 （でぐち） 出口

出口はこちらです。 出口請往這邊走。

テスト 考試、檢查
（―する：測驗、測試）

テストのために、勉強してください。 為了考試，請念書。

Track 101

手帳 （てちょう） 記事本

毎日の出来事を手帳に記入する。 將每天發生的事記到記事本中。

テニス 網球

高校の時はテニス部でした。 我高中時是網球社的。

デパート 百貨公司

私のおばがデパートで働いています。
我的阿姨在百貨公司工作。

手袋 （てぶくろ） 手套

手袋をどこかに落としてしまった。 不知道把手套掉在哪裡了。

テレビ 電視

お母さんがテレビを見せてくれない。 媽媽不讓我看電視。

テレホンカード　電話卡

Track 102

けいたい　　ふ きゅう
携帯の普及で、テレホンカードを使う人は少なくなっ
　　　　　つか　ひと　すく
た。　因為手機的普及，用電話卡的人越來越少。

てんいん
店員　店員

てんいん　　　　つか　かた　くわ　　　　せつめい
店員さんが使い方を詳しく説明してくれました。
店員詳細地為我說明了使用方式。

でん き
電気　電燈

でん き　　け
電気を消してくれませんか。　可以關一下電燈嗎？

でんしゃ
電車　電車

わたし　　　　　でんしゃ　はらじゅく　い
私たちは電車で原宿に行く。　我們搭電車去原宿。

でん ち
電池　電池

でん ち
電池はリサイクルできる。　電池可以回收。

でん わ
電話　電話

Track 103

でん わ ばんごう　　おし
電話番号を教えてください。　請告訴我電話號碼。

ア行
カ行
サ行
タ行
ナ行
ハ行
マ行
ヤ行
ラ行
ワ行

あ行
か行
さ行
た行
な行
は行
ま行
や行
ら行
わ行

戸 門、房門

□□□

<ruby>寒<rt>さむ</rt></ruby>いから、<ruby>戸<rt>と</rt></ruby>を<ruby>閉<rt>し</rt></ruby>めしてください。 很冷，請關上房門。

ドア 門

□□□

あのホテルは<ruby>回転<rt>かいてん</rt></ruby>ドアがあります。 那個旅館有旋轉門。

ドイツ 德國

□□□

ドイツに<ruby>行<rt></rt></ruby>った<ruby>事<rt>こと</rt></ruby>がありますか。 你有去過德國嗎？

トイレ 洗手間、廁所

□□□

ちょっとトイレに<ruby>行<rt>い</rt></ruby>ってきます。 我去一下廁所。

<ruby>父<rt>とう</rt></ruby>さん 爸爸、父親

🔊 *Track 104*
□□□

お<ruby>父<rt>とう</rt></ruby>さんのお<ruby>仕事<rt>しごと</rt></ruby>は<ruby>何<rt>なん</rt></ruby>ですか。 您父親從事什麼工作？

<ruby>動物<rt>どうぶつ</rt></ruby> 動物

□□□

あの<ruby>先生<rt>せんせい</rt></ruby>は<ruby>動物<rt>どうぶつ</rt></ruby>が<ruby>大好<rt>だいす</rt></ruby>きです。 那位老師非常喜歡動物。

<ruby>動物園<rt>どうぶつえん</rt></ruby> 動物

□□□

<ruby>先週<rt>せんしゅう</rt></ruby><ruby>動物園<rt>どうぶつえん</rt></ruby>でキリンを<ruby>見<rt>み</rt></ruby>ました。
上禮拜在動物園看到了長頸鹿。

とうろく
登録　登記

□ □ □

性別と名前を登録してください。　請登記性別及姓名。

とお
十　十、十歳

□ □ □

息子は今年十になる。　兒子今年要十歲了。

とおか
十日　十號、十天

◀ *Track 105*

□ □ □

五月十日は母の日です。　五月十號是母親節。

ドーナツ　甜甜圈

□ □ □

ドーナツを食べすぎて2キロも太った。
吃太多甜甜圈居然胖了2公斤。

とき
時　時間、時候

□ □ □

寝る時にカーテンを閉めてください。　要睡覺時請把窗簾拉上。

と けい
時計　鐘錶

□ □ □

誕生日に目覚まし時計をもらった。　我在生日時收到了鬧鐘。

どこ　哪裡

□ □ □

新宿駅はどこですか。　新宿車站在哪裡？

ところ
所　地方、部分

Track 106

この町のいい所は空気がきれいなところです。

這個城市好的地方是空氣很清淨。

とし
年　年、歳

おばあさんは年を取ったけど、元気がいいです。

祖母年紀大了，但還是很有活力。

としょかん
図書館　圖書館

姉は図書館で働いています。　姉姉在圖書館工作。

どちら　哪邊 (どこ 的禮貌型)

お家はどちらですか。　你的家在哪邊？

どなた　哪位 (だれ 的禮貌型)

この本はどなた様にいただきましたか。　這本書是哪位送給你的？

となり
隣　鄰居、鄰近

隣の夫婦はとても熱心な人です。　鄰居夫婦是非常熱心的人。

とも だち
友達　朋友

Track 107

かのじょ　　　　とも だち　　　　　　　　　　　　おも
彼女と友達になって、うれしいと思う。

我很開心能和她成為朋友。

ど よう び
土曜日　星期六

こんしゅう　　ど よう び　　なに　　よ てい
今週の土曜日に何か予定がありますか。

本週六你有什麼預定嗎？

とり
鳥　鳥

とり　　と　　　　　　　　　　　　　　　　　おも
鳥は飛べて、うらやましいと思う。　我很羨慕鳥可以飛。

とり にく
鶏肉　雞肉

ぶた にく　　　　　　　とり にく　　　　　　　　　す
豚肉より、鶏肉のほうが好きです。　比起豬肉，我更喜歡雞肉。

どれ　哪個

かれ　　か　　　　え
彼が描いた絵はどれですか。　他畫的畫是哪一幅？

ドレス　女用禮服

　　　　　　　　　　　はで
このドレスは派手すぎませんか。　這件禮服不會太過花俏嗎？

だ
出す 　提出、交出、寄(信)

"早くレポートを出して" と先生に言われた。
老師叫我「趕快交報告」。

た
立つ 　站立、豎立、出發

教室の前に立っている人は誰ですか。　站在教室前面的那個人
是誰呀?

た
食べる 　吃

母の手料理が食べたいです。　我想吃母親做的料理。

ちが
違う 　不對、不是

結果が彼の予想とは違う。　結果不是他所預想的。

つか
捕まえる 　逮捕、捉到

警察の仕事は悪い人を捕まえる事です。
警察的工作就是逮捕壞人。

つか
疲れる　疲累

□□□

すごく疲れたから、すぐ家に帰りたい。
我很疲累，想馬上回家。

つく
作る　做、製

□□□

料理の先生がケーキを作っている。　料理老師正在製作蛋糕。

つと
務める　擔任、任職

□□□

姉は銀行に勤めています。　我姊姊在銀行工作。

で
出る　走出

□□□

彼女はその部屋から出て行きました。　她走出那間房間了。

と
取る　拿取、採取

□□□

醤油を取ってください。　請幫我拿醬油。

と
撮る　照相、攝影

□□□

その観光地で写真を撮る人が多い。
在那個觀光景點有許多人在拍照。

形容詞

だいじょうぶ
大丈夫　沒關係的、不要緊

Track 110

一人で本当に大丈夫なのですか。　一個人真的不要緊嗎？

だいす
大好き　最喜歡的

私が大好きな果物はいちごです。　我愛的水果是草莓。

たいせつ
大切　重要的

大切な人をちゃんと守らなければならない。
重要的人必須要好好守護。

たいへん
大変　重大的、嚴重的、費心的
（名詞：大事件）

大変なお仕事ですが、頑張ります。
雖然是很辛苦的工作，我會加油的。

たか
高い　高的、貴的

そのブランド品のかばんは高いでしょう。　那個名牌包很貴吧？

正しい（ただ） 正確的

この漢字の正しい読み方は何ですか。
這個漢字的正確唸法是什麼？

楽しい（たの） 愉快的、高興的

昨日のデートは楽しかったです。 昨天的約會很愉快。

小さい（ちい） 小的

前回会ったときは小さかったけど、今は大人になったね。 上次見面還很小，現在都變成大人了呢！

近い（ちか） 近的

顔が近いので、少し離れてください。
臉太近了，請稍微退後一點。

冷たい（つめ） 涼的

冷たい手で私の顔を触るな。 不要用冷冰冰的手碰我的臉。

強い（つよ） 堅強的、強烈的

壊れやすいので強く叩かないでください。
很容易損壞，所以請勿用力敲打。

つら
辛い　辛苦的、難受的　□□□

あんな辛い思いは二度としたくない。
那樣痛苦的遭遇不想再有第二次。

とお
遠い　遠的　□□□

距離が遠いので、行きたくない。　距離太遠了，我不想去。

✏ Note

....

....

....

....

....

どうして　為什麼

Track 113

星はどうして輝くのですか。　星星為什麼會散發光芒呢？

どうぞ　請、給你

どうぞお入りください。　請進。

どうも　謝了

どうもありがとうございました。　謝謝你。

時々　有時

時々家の鍵を忘れます。　我有時候會忘記帶家裡的鑰匙。

請根據題意，選出正確的選項。

( ) 1. まだ引越ししたばっかなので、「テーブル」がない。
        (A) 桌子　　　　(B) 椅子　　　　(C) 杯子　　　　(D) 洗衣機

( ) 2. 新宿駅は「どこ」ですか。
        (A) 這裡　　　　(B) 哪裡　　　　(C) 地方　　　　(D) 對面

( ) 3. 「テープレコーダー」は故障してしまいました。
        (A) 錄音帶　　　(B) 錄音機　　　(C) 錄影機　　　(D) 照相機

( ) 4. 今週の「土曜日」に何か予定がありますか。
        (A) 星期四　　　(B) 星期六　　　(C) 星期五　　　(D) 星期三

( ) 5. 「大変」なお仕事ですが、頑張ります。
        (A) 變化　　　　(B) 輕鬆　　　　(C) 費心的　　　(D) 重要的

( ) 6. 「どうぞ」お入りください。
        (A) 謝了　　　　(B) 禁止　　　　(C) 哪裡　　　　(D) 請

( ) 7. "早く報告を「出して」"と先生に言われた。
        (A) 交出　　　　(B) 出門　　　　(C) 傳送　　　　(D) 取出

( ) 8. 「大切」な人をちゃんと守らなければならない。
        (A) 不重要的　　(B) 有權勢的　　(C) 重要的　　　(D) 有智慧的

解答：1. (A)　　　2. (B)　　　3. (B)　　　4. (B)
      5. (C)　　　6. (D)　　　7. (A)　　　8. (C)

JLPT　N5

な / ナ 行

[一般名詞]

ナイフ　刀子

Track 114

彼女はナイフで恋人を刺した。　她用刀子刺傷戀人。

中　中心

このクラスの中で、成績が一番いい人は誰ですか。
這個班級中，成績最好的人是誰？

夏　夏天

汗をかくのが嫌だから、夏が嫌いです。　因為不喜歡流汗所以
我討厭夏天。

夏休み　暑假

夏休みに何か計画がありますか。　暑假有什麼規劃嗎？

七　七

妹は今年七歳になりました。　我妹妹今年七歳了。

七つ　七個、七歳

Track 115

卵を七つ買ってくれませんか。　可以幫我買七顆蛋嗎？

何 _{なに} 什麼、怎麼

_{たんじょうび}誕 生 日に何_{なに}がほしいですか。 你生日想要什麼？

七日 _{なのか} 七號、七天

七月_{しちがつ}七日_{なのか}は中 国_{ちゅうごく}のバレンタインデーです。
七月七號是中國的情人節。

名前 _{な まえ} 名字

このお花_{はな}は何_{なん}という名 前_{な まえ}ですか。 這種花的名字是什麼呢？

二 _に 二

プリントは二_に枚板_{まいた}足りません。 講義少了兩張。

肉 _{にく} 肉

🔊 *Track 116*

彼氏_{かれし}は焼_やき肉_{にく}が好_すきです。 男友很喜歡烤肉。

西 _{にし} 西方

太陽_{たいよう}は 東_{ひがし} から昇_{のぼ}り、西_{にし}に沈_{しず}む。 太陽從東邊升起，西邊落下。

二十四日（にじゅうよっか） 二十四號

来月の二十四日は母の誕生日です。
下個月的二十四號是我母親的生日。

日曜日（にちようび） 星期日

今週の日曜日に動物園に行こうか。 本週日要一起去動物園嗎？

日本（にほん） 日本

機会があるなら、ぜひ日本へ遊びに行ってください。
若有機會，請一定要去日本玩。

日本語（にほんご） 日語

Track 117

大学の専門は日本語だった。 我大學專攻日文。

荷物（にもつ） 行李、貨物

荷物を持ちましょうか。 我來幫你提行李吧？

庭（にわ） 庭院

庭がある家を持ちたいです。 我想要有庭院的家。

ネクタイ 領帶

父の日 にネクタイをプレゼントする。
父親節要買領帶當禮物。

猫 貓
ねこ

家に猫が四匹いる。 我家有四隻貓。
いえ ねこ よんひき

ノート 筆記本

🔊 Track 118

ノートを貸してくれませんか。 可以借我筆記本嗎？
か

飲み物 飲料
の もの

何か飲み物を買ってきましょうか。 我去買點喝的來吧？
なに の もの か

乗り場 候車處
の ば

バスの乗り場で待っている。 在巴士的候車處等待。
の ば ま

[動詞]

あ行
か行
さ行
た行
な行
は行
ま行
や行
ら行
わ行

泣く な 哭泣

🔊 *Track 119*

赤ちゃんがお腹が空いて泣き出した。　小嬰兒肚子餓便哭了起來。

習う なら 學習

娘 はピアノを習っています。　女兒在學鋼琴。

寝る ね 睡覺、就寢

もう寝る時間ですよ。　到了就寢的時間了喔！

登る のぼ 攀爬

あの猫は木に登って降りられなくなった。　那隻貓爬到樹上下不來了。

飲む の 喝

一緒にお茶を飲みに行きませんか。　要一起去喝茶嗎？

乗る の 搭乘

このバスに乗らないと遅刻するよ。　如果沒搭上這班公車就會遲到喔。

[形容詞]

な 無い　　無、沒有

◀ *Track 120*

携帯電話が無い人はいないでしょう。　沒有無持有手機的人吧！

なが 長い　　長的

ゾウさんのお鼻はどうしてそんなに長いの？
大象的鼻子為什麼那麼長？

にぎ 賑やか　　熱鬧的

お祭りの賑やかな雰囲気が大好きです。
我喜歡祭典上熱鬧的氣氛。

ぬく 温い　　溫的

お茶がだんだん温くなった。　茶漸漸變溫了。

請根據題意，選出正確的選項。

（　　）1. 今週の「日曜日」に動物園に行こうか。

　　　(A) 星期六　　　(B) 星期五　　　(C) 星期日　　　(D) 星期一

（　　）2. 一緒にお茶を「飲み」に行きませんか。

　　　(A) 吃　　　　　(B) 喝　　　　　(C) 吸　　　　　D) 吞

（　　）3. 父の日 に「ネクタイ」をプレゼントする。

　　　(A) 領帶　　　　(B) 筆記本　　　(C) 西裝　　　　(D) 領帶夾

（　　）4. お祭りの「賑やか」な雰囲気が大好きです。

　　　(A) 熱鬧　　　　(B) 賑災　　　　(C) 冷清　　　　(D) 溫暖

（　　）5. このクラスの「中」で、成績が一番いい人は誰ですか。

　　　(A) 中間　　　　(B) 學生　　　　(C) 裡面　　　　(D) 正中央

解答：1. (C)　　　2. (B)　　　3. (A)
　　　4. (A)　　　5. (C)

JLPT　N5

は／ハ　行

一般名詞

は
歯 牙齒 🔊 *Track 121*

歯が痛いので、医者に行く。 因為牙齒很痛，所以去看醫生。

パーティー 派對

クラスメートの誕生日パーティーに招待された。 我受邀參加同學的慶生派對。

バイク 機車

彼はバイク通勤だそうです。 聽說他是騎機車上下班。

はいざら
灰皿 菸灰缸

灰皿を用意してくれませんか。 可以幫我準備菸灰缸嗎？

はがき 明信片

彼女の家へはがきを送った。 我寄明信片到她家了。

はかた
博多 博多 🔊 *Track 122*

博多のラーメンはとても有名です。 博多拉麵非常有名。

箱 はこ
箱子、盒子 □□□

その箱の中に何を入れましたか。 那個箱子裡裝了什麼？

はさみ
剪刀 □□□

はさみで紙を切ります。 用剪刀裁剪紙張。

橋 はし
橋 □□□

この橋を渡って、学校に到着する。 過了這座橋，並抵達學校。

箸 はし
筷子 □□□

アメリカ人は箸の使い方には苦手です。 美國人不擅長使用筷子。

バス
公車 🔊 *Track 123* □□□

バスで学校に通っている。 我搭公車上學。

バスケットボール
籃球 □□□

今日の体育はバスケットボールでした。 今天的體育課是籃球。

パスタ
義大利麵 □□□

コンビニで買ったパスタは意外とおいしかった。 在便利商店買的義大利麵意外地好吃。

ア行 カ行 サ行 タ行 ナ行 ハ行 マ行 ヤ行 ラ行 ワ行

パソコン　電腦

□□□

パソコンが買いたいです。　我想買電腦。

バター　奶油

◀ Track 124

□□□

ステーキにバターをのせる。　在牛排上頭放上一塊奶油。

二十歳（はたち）　二十歳

□□□

二十歳（はたち）になる前（まえ）は、お酒（さけ）が飲（の）めません。　在二十歳之前不能夠喝酒。

八（はち）　八

□□□

八（はち）時（じ）に駅（えき）で待（ま）ち合（あ）わせましょう。　我們八點在車站見吧。

二十日（はつか）　二十號、二十天

□□□

今月（こんげつ）の二十日（はつか）に運動会（うんどうかい）を行（おこな）います。　本月的二十號要舉行運動會。

鼻（はな）　鼻子

□□□

象（ぞう）は鼻（はな）が長（なが）いです。　大象的鼻子很長。

はな
花 花

Track 125

その公園の花がきれいです。 那座公園的花很美麗。

はなし
話 說話、話題、故事

こんな話を聞いたことがありますか。 你有聽說過這樣的故事嗎？

バナナ 香蕉

バナナの食感が苦手です。 我不喜歡香蕉的口感。

はは
母 母親

私の母は弁護士です。 我的母親是位律師。

はる
春 春天

毎年春になると花粉症で困っています。 每年一到春天就會因為花粉症而傷透腦筋。

は
晴れ 晴天

Track 126

明日は晴れになるように祈ってます。 祈禱明天是晴天。

半 半
はん

十時半に映画館で会う約束する。 約十點半在電影院。
じゅう じ はん えい が かん あ やくそく

晩 晩上
ばん

晩ご飯は何を食べますか。 晩餐要吃什麼呢？
ばん はん なに た

パン 麵包

クリームパンが一番好きです。 我最喜歡奶油麵包。
いちばん す

ハンカチ 手帕

ハンカチを持っていますか。 你有帶手帕嗎？
も

番号 號碼
ばんごう

Track 127

電話番号を教えてください。 請告訴我電話號碼。
でん わ ばんごう おし

晩ご飯 晩飯
ばん はん

晩ご飯は何を食べましたか。 晩飯吃了什麼呢？
ばん はん なに た

パンチ 打孔機

駅員が切符にパンチを入れた。 車站人員將車票放入打孔機。
えきいん きっぷ い

ハンバーガー　漢堡

□□□

昨日久しぶりにハンバーガーを食べた。
昨天久違地吃了漢堡。

日　太陽、日子

□□□

あの日の出来事は一生忘れない。　那一天發生的事情我一生都
不會忘記。

ピアノ　鋼琴

🔊 *Track 128*

□□□

ピアノの先生は指がすごくきれいです。　鋼琴老師的手指很美。

ビール　啤酒

□□□

今日はビールを飲もう。　今天去喝啤酒吧！

東　東方

□□□

日本は韓国より東にあります。　日本的位置比韓國東邊。

引き出し　抽屜

□□□

テストを引き出しの一番奥に隠した。　將考卷藏在抽屜的最深處。

飛行機　飛機

□□□

飛行機で北海道に行く。　搭乘飛機去北海道。

ビザ　簽證

Track 129

ビザはどうやって申請_{しんせい}しますか。　簽證要怎麼申請？

ピザ　披薩

ピザを頼_{たの}むけど、どれがいい？　我要訂披薩，你覺得訂哪個好？

美術_{び じゅつ}　美術

美術_{び じゅつ}の先生_{せんせい}はとてもきれいです。　美術老師非常美麗。

美術館_{び じゅつかん}　美術館

明日_{あした}美術_{び じゅつ}館_{かん}に行_いこうよ。　明天一起去美術館吧！

左_{ひだり}　左邊

その角_{かど}を左_{ひだり}へ曲_まがってください。　請在那個轉角向左轉。

ビデオ　錄影帶、錄影機

Track 130

ビデオを借_かりに行_いきます。　我去借錄影機。

人_{ひと}　人、人類

こんなにいい人_{ひと}はいないと思_{おも}う。　我覺得再也沒有這麼好的人了。

ひと
一つ 一個、一歳 □□□
れいぞうこ なか ひと
冷蔵庫の中にりんごが一つある。 冰箱裡有一個蘋果。

ひとつき
一月 一個月 □□□
き かく かんせい ひとつき ひつよう
この企画の完成には一月が必要です。 這個企劃需要一個月來
完成。

ひとり
一人 一個人 □□□
きょう しゅっせき ひと ひとり
今日出席する人はただ一人です。 今天出席的只有一個人。

ひま
暇 空閒、時間（―な：空閒的） 🔊 *Track 131* □□□
ひま てつだ
暇なら手伝ってください。 如果有空閒的話請來幫忙。

ひゃく
百 百 □□□
くるま か ち に ひゃくまんえん
この車の価値は二百万円です。 這台車價值兩百萬日幣。

びょういん
病院 醫院 □□□
びょういん みま い
病院へお見舞いに行きます。 去醫院探病。

びょうき
病気　疾病、毛病

彼のお父さんは病気で倒れた。　他的父親因為疾病倒下了。

ひらがな
平仮名　平假名

明日は平仮名のテストがある。　明天有平假名的考試，

ひる
昼　白天、中午

◀ *Track 132*

お昼に先生の実験室に来てください。　中午請來老師的實驗室。

ひる　はん
昼ご飯　午飯

昼ご飯は何を食べますか。　午飯要吃些什麼呢？

ひるやす
昼休み　午休

昼休みに練習しよう。　在午休的時候練習吧！

びわこ
琵琶湖　琵琶湖（日本最大的湖）

初めて琵琶湖に行きました。　我第一次去了琵琶湖。

ファクス　傳真

資料をファクスしてください。　請傳真資料過來。

フィリピン 菲律賓

Track 133

私はよくフィリピン人に間違われる。 我經常被誤認成菲律賓人。

フィルム 底片

このフィルムは二十四枚撮りです。 這個底片能夠拍二十四張照片。

封筒 信封
(ふうとう)

封筒に切手を貼ります。 在信封上貼上郵票。

プール 游泳池

市民プールはうちの近くにあります。 市民游泳池在我家附近。

服 衣服
(ふく)

仕事場では正式な服を着てください。 在職場請穿正式的衣服。

豚 豬
(ぶた)

Track 134

あのTシャツにはかわいい子豚の絵が描かれている。 那件T恤上畫著可愛的小豬圖案。

二つ 兩個、二歲
(ふた)

アイスクリームを二つください。 請給我兩個冰淇淋。

ぶたにく
豚肉　豬肉

□□□

豚肉のしゃぶしゃぶが大好きです。　我很喜歡豬肉的涮涮鍋。

ふたり
二人　兩個人

□□□

浜辺へ二人で行った。　兩個人一起去了海灘。

ふつか
二日　二號、兩天

□□□

八月二日は私たちの結婚記念日です。　八月二號是我們的結婚紀念日。

ふでばこ
筆箱　鉛筆盒

◀ Track 135

□□□

筆箱に何が入っていますか。　鉛筆盒裡面有什麼呢？

ふね
船　船

□□□

この川は船の通行が禁止です。　這條河川禁止船隻通行。

ふゆ
冬　冬天

□□□

寒がりなので冬は苦手です。　因為我很怕冷，所以不喜歡冬天。

ブラウス　女生的襯衫

その赤いブラウスを着ている少女はきれいです。　那位穿著紅色襯衫的少女很漂亮。

ブラジル　巴西

ブラジルでサッカーが大人気です。　足球在巴西相當受歡迎。

フランス　法國

Track 136

フランス語がしゃべれますか。　你會說法文嗎？

風呂　浴池、浴室

先に風呂に入ってください。　你先洗澡。

分　分、分鐘

七時十五分に起こしてください。　請在七點十五分叫我起床。

分　份、份量、本分

私の分まで食べられてしまった。　連我的份都被吃掉了。

文　句子

この文を英語に訳してください。　請將這個句子翻譯成英文。

ぶんしょう
文章　文章

Track 137

その文章を書いた人は誰ですか。　寫了那篇文章的人是誰？

ページ　頁、頁數

教科書の８７ページを開いてください。　請翻到課本第87頁。

ベッド　床

彼氏はベッドで寝ている。　男朋友正睡在床上。

ペット　寵物

うちのマンションはペット禁止です。　我住的大廈禁止飼養寵物。

へや
部屋　房間、屋子

お部屋に入ってもいいですか。　可以進你房間嗎？

Track 138

ベルト　皮帶

ベルトをつけるのを忘れました。　我忘了繫皮帶。

へん
辺　邊、附近

この辺に何か面白い場所がありますか。　這附近有什麼有趣地點嗎？

ペン　筆

ペンを貸^かしてくれてありがとう。　謝謝你借我筆。

べんきょう
勉強　學習、用功
（―する：學習、用功）

早^{はや}く勉強^{べんきょう}しなさい。　快點去學習。

ほう
方　方向、方面

左^{ひだり}の方^{ほう}へ向^むかってください。　請面向左方。

ぼうし
帽子　帽子

🔊 *Track 139*

暑^{あつ}いので、帽子^{ぼうし}をかぶったほうがいいです。　因為很炎熱，
戴著帽子比較好。

ボールペン　原子筆

試験^{しけん}のとき、ボールペンを使^{つか}ってください。
考試時請使用原子筆。

ほか
他　另外、除～之外

他^{ほか}に何^{なに}かいい方法^{ほうほう}がありますか。　有其他更好的方法嗎？

あ行 か行 さ行 た行 な行 は行 ま行 や行 ら行 わ行

ポケット　口袋

寒<small>さむ</small>いから手<small>て</small>をポケットに入<small>い</small>れた。　因為很冷所以把手放進了口袋。

ポスト　郵筒、信箱

手紙<small>てがみ</small>をポストに入<small>い</small>れてください。　請將信件放入信箱。

Track 140

ボタン　鈕扣、按鈕

コートのボタンが取<small>と</small>れそうです。　大衣的釦子看起來快掉了。

ホッチキス　釘書機

ホッチキスを買<small>か</small>ってくれませんか。　可以幫我買釘書機嗎？

ホテル　旅館

駅前<small>えきまえ</small>のホテルに泊<small>と</small>まっています。　我現在住在車站前的旅館裡。

本<small>ほん</small>　書

一月<small>ひとつき</small>に本<small>ほん</small>を十冊<small>じゅっさつ</small>も読<small>よ</small>んだ。　我一個月讀了十本書。

香港<small>ほんこん</small>　香港

明日<small>あす</small>香港<small>ほんこん</small>へ出張<small>しゅっちょう</small>に行<small>い</small>きます。　明天要去香港出差。

本棚 _{ほんだな} 書架

_{くろ}黒い_{ほんだな}本棚が_{すく}少ないです。 黑色的書架很少。

本屋 _{ほん や} 書店

_{ご ご}午後_{ほん や}本屋に_い行くつもりです。 我預計下午去書店。

✎ Note

....

....

....

....

ア行
カ行
サ行
タ行
ナ行
ハ行
マ行
ヤ行
ラ行
ワ行

［動詞］

はい
入る　進入

◀€ *Track 141*

□□□

どうぞ部屋に入ってください。　請進房間。

は
履く　穿（褲子、鞋子）

□□□

靴を履いたまま入っていいよ。　可以直接穿鞋子進入。

はじ
始まる　開始

□□□

物語はここから始まる。　故事就由此展開。

はし
走る　跑

□□□

廊下を走るな！　走廊禁止奔跑！

はたら
働く　工作、發揮作用

□□□

毎日一生懸命働いています。　每天辛勤地工作。

はな
話す　說

◀€ *Track 142*

□□□

私には話せないことですか。　是不能和我說的事情嗎？

晴れる _は 放晴

Track 143

週末は晴れますように！ _{しゅうまつ}_は 希望週末會放晴！

引く _ひ 拉、減掉

そちらの綱を引いてください。 _{つな}_ひ 請拉那裡的繩索。

弾く _ひ 彈、彈奏

彼女はピアノが弾ける。 _{かのじょ}_ひ 她會彈奏鋼琴。

開く _{ひら} 打開

Track 144

彼女は窓際に座って本を開いた。 _{かのじょ}_{まどぎわ}_{すわ}_{ほん}_{ひら} 她在窗邊坐下，翻開了書本。

吹く _ふ 吹

台風のため、風が激しく吹いている。 _{たいふう}_{かぜ}_{はげ}_ふ 因為有颱風，風吹得很猛烈。

降る _ふ 下（雨、雪）

天気予報によると明日は雪が降るそうだ。 _{てんきよほう}_{あした}_{ゆき}_ふ 據氣象預報說，明天好像會下雪。

ア行
カ行
サ行
タ行
ナ行
ハ行
マ行
ヤ行
ラ行
ワ行

形容詞

早い（はや）　快的、早的

🔊 *Track 145*

二十歳（はたち）に結婚（けっこん）するのはまだ早（はや）いと思（おも）う。　我認為二十歳就結婚還太早。

速い（はや）　快的、早的

あの生徒（せいと）は足（あし）が速（はや）い。　那個學生跑步很快。

ハンサム　英俊的

彼（かれ）は世界（せかい）で一番（いちばん）ハンサムな男（おとこ）だと思（おも）う。　我覺得他是世界上最帥的男人。

低い（ひく）　低的、矮的

背（せ）の低（ひく）い男（おとこ）は好（す）きじゃないです。　我不喜歡矮的男生。

広い（ひろ）　寬廣的、廣闊的

彼（かれ）の家（いえ）には広（ひろ）い庭（にわ）がある。　他的家裡有廣闊的庭院。

太い（ふと）　粗的、胖的

紙（かみ）には太（ふと）い線（せん）が三本（さんぼん）描（か）かれている。　紙上畫著三條粗線。

不便（ふべん） 不便的（名詞：不便）

この辺（あた）りはコンビニなどがなくてとても不便（ふべん）です。

這附近沒有便利商店之類的，很不方便。

古（ふる）い 舊的

それは三十年前（さんじゅうねんまえ）に建（た）てられた、すごく古（ふる）い建物（たてもの）だ。

那是三十年前就建造的、非常舊的建築物。

下手（へた） 笨拙的

彼女（かのじょ）は口（くち）の下手（へた）な人（ひと）です。 她是個笨口拙舌的人。

便利（べんり） 方便的

便利（べんり）な発明（はつめい）だけど、環境（かんきょう）に悪（わる）いと思（おも）う。 我認為這是相當方便的發明，但對環境不友善。

欲（ほ）しい 想要（某事物）

誕生日（たんじょうび）に何（なに）が欲（ほ）しいですか。 你生日想要什麼？

細（ほそ）い 細的、瘦的

あの縄（なわ）は細（ほそ）くてすぐ切（き）れそうだ。 那條繩子很細，好像很快就會斷掉。

隨堂小測驗

請根據題意，選出正確的選項。

（　）1. 彼女の家へ「はがき」を送った。
- (A) 照片
- (B) 明信片
- (C) 卡片
- (D) 畫

（　）2. 「パソコン」が買いたいです。
- (A) 電話
- (B) 電視
- (C) 錄影機
- (D) 電腦

（　）3. 「ひま」なら手伝ってください。
- (A) 空閒
- (B) 有錢
- (C) 能力
- (D) 權力

（　）4. 靴を「履いた」まま入っていいよ。
- (A) 履行
- (B) 脱
- (C) 穿
- (D) 替換

（　）5. 「ホッチキス」を買ってくれませんか。
- (A) 釘書針
- (B) 釘書機
- (C) 剪刀
- (D) 文件夾

（　）6. 黒い「本棚」が少ないです。
- (A) 書架
- (B) 棚子
- (C) 書店
- (D) 衣櫥

（　）7. 彼は世界で一番「ハンサム」な男だと思う。
- (A) 美麗的
- (B) 有錢
- (C) 英俊的
- (D) 有責任感

解答：1. (B)　　2. (D)　　3. (A)　　4. (C)
　　　5. (B)　　6. (A)　　7. (C)

JLPT N5

ま / マ 行

[一般名詞]

まいあさ
毎朝 毎天早上

Track 147

毎朝何時に起きていますか。 你每天早上都幾點起床？

まいしゅう
毎週 毎週

毎週 その店に行く 習慣がある。 我習慣每週都去那間店。

まいつき
毎月 毎個月

毎月 給料は十万円ぐらいもらえる。 每個月的薪水大約十萬日幣。

まいとし
毎年 毎年

毎年のクリスマスにはパーティを 行います。 每年的聖誕節都會舉行派對。

まいにち
毎日 毎天

彼は毎日歩いて学校に通っている。 他每天都走路去學校。

まいねん
毎年 毎年

Track 148

毎年このときには花火大会を開催する。 每年的這個時間都會
舉行煙火大會。

まいばん
毎晩 每個晚上

あの赤ちゃんは毎晩泣いている。 那個嬰兒每個晚上都在哭泣。

まえ
前 前面、以前

その前に、もっと重要な事があるでしょう。 在這之前，
還有更重要的事吧？

まち
町 城鎮、街道

前住んでいたとこころは賑やかな町でした。 以前住的地方
是條熱鬧的街道。

まど
窓 窗戶

寒いので、窓を閉めしてください。 天氣很冷，請關上窗戶。

まん
万 萬

Track 149

そのコンサートのお客さんは五万人もいた。 這場演唱會
的觀眾有五萬人。

まんねんひつ
万年筆 鋼筆 ☐☐☐

この万年筆にはインクが入っていますか。
這支鋼筆有放墨水嗎？

みかん 橘子 ☐☐☐

果物の中で、みかんが一番好きです。
所有水果中我最喜歡橘子。

みぎ
右 右邊 ☐☐☐

その角を右へ曲がってください。 請在那個轉角右轉。

みず
水 水 ☐☐☐

運動の後、いつも水がほしい。 運動之後都會想喝水。

みせ
店 店、商店 🔊 *Track 150* ☐☐☐

その店は何の専門店ですか。 那間店是什麼商品的專賣店？

みそ
味噌 味噌 ☐☐☐

この店はいい味噌を使っている。 這間店用的味噌很不錯。

味噌汁 (みそしる) 味噌湯 □□□

うちの味噌汁の具には油揚げをよく使っています。
這間店用的味噌很不錯。

三日 (みっか) 三號、三天 □□□

今度の試験は三日間続いた。 這次的考試持續三天。

三つ (みっ) 三個、三歲 □□□

冷蔵庫の中に、西瓜が三つある。 冰箱中有三個西瓜。

皆さん (みな) 大家、各位（客氣用語） □□□

皆さん、静かにしてください。 請各位保持安靜。

南 (みなみ) 南方 □□□

羅針盤の指針は南を指している。 羅盤的指針指著南方。

耳 (みみ) 耳朵 □□□

この話は初耳です。 這件事是第一次聽到。

あ行
か行
さ行
た行
な行
は行
ま行
や行
ら行
わ行

みんな
皆 大家、各位

皆、諦めないで、もっと頑張りましょう。 請大家不要放棄，繼續一起加油吧！

むいか
六日 六號、六天

今月の六日は私の誕生日です。 這個月的六號是我的生日。

む
向こう 對面、另一邊、對方

🔊 *Track 152*

海の向こうは新しい世界だ。 海的另一頭是個全新的世界。

むすこ
息子 兒子

息子は言うことを全然聞きません。 我兒子一點都不聽話。

むすめ
娘 女兒、少女

母の日に娘が手作りのカードをプレゼントしてくれた。
母親節時女兒送給我她親手做的卡片。

むっ
六つ 六個、六歲

消しゴムを六つ買ってくれませんか。
可以幫我買六個橡皮擦嗎？

村（むら）　村子

村の青年は次々と出ていきました。
村子裡的年輕人一個接著一個離開。

目（め）　眼睛、視力

Track 153

目の大きい女の子が好きです。　我喜歡眼睛大的女孩子。

メートル　公尺

このコードは何メートルありますか。　這條電線有幾公尺長？

眼鏡（めがね）　眼鏡

その眼鏡をかけている男性は誰ですか。　那位帶著眼鏡的男性是誰呢？

メキシコ　墨西哥

メキシコに行ったことがありますか。　你有去過墨西哥嗎？

木曜日（もくようび）　星期四

木曜日に何か予定がありますか。　星期四你有任何安排嗎？

もの
物　東西、物品

Track 154

そのかばんは私の物です。　那個包包是我的東西。

もみじ
紅葉　紅葉（秋季的各種變色葉）

今週の週末に紅葉を見に行こうよ。　本週末一起去賞紅葉吧！

もり
森　森林

女の子は森でくまさんと出会いました。　小女孩在森林裡遇見了熊先生。

もん
門　門口、門

この学校の正門はどこですか。　這個學校的正門在哪裡？

もんだい
問題　問題、事件

彼の成功はただ時間の問題だ。　他成功只是時間上的問題。

ア行
カ行
サ行
タ行
ナ行
ハ行
マ行
ヤ行
ラ行
ワ行

ま 曲がる　彎曲、轉向

Track 155

あの信号を右へ曲がってください。　請在那個紅綠燈右轉。

ま 待つ　等待

すみませんが、もうちょっと待ってくれませんか。　不好
意思，可以再稍等一下嗎？

みが 磨く　研磨、鍛鍊、刷（牙）

寝る前にちゃんと歯を磨かないと虫歯ができてしまう
よ。　睡前不好好刷牙可是會蛀牙的喔。

み 見せる　給……看、顯示

ＩＤカードを見せてください。　請給我看 ID 卡。

み 見る　看

あしたは彼氏と映画を見る予定だ。
明天預定要跟男友去看電影。

149

持(も)つ　拿、持有 □□□

そんな多(おお)くのお金(かね)を持(も)つのは危(あぶ)ないです。

持有那麼多金錢很危險。

もらう　接受、得到 □□□

このプレゼントは雅美(まさみ)ちゃんからもらった。　這個禮物是從

雅美那裡得到的。

Note

[形容詞]

まっすぐ 筆直的、直接的 *Track 156* □□□

まっすぐ行^いって、コンビニを右^{みぎ}へ曲^まがってください。

請直走，並在便利商店右轉。

丸^{まる}い 圓的、圓滑的 □□□

彼^{かれ}は昔^{むかし}と比^{くら}べて随分^{ずいぶん}と丸^{まる}くなりました。 他和以前相比個性
變得溫和多了。

短^{みじか}い 短的 □□□

このシャツは袖^{そで}が短^{みじか}すぎる。 這件襯衫袖子太短了。

難^{むずか}しい 困難的 □□□

今度^{こんど}の試験^{しけん}はとても難^{むずか}しかったです。 這次的考試非常困難。

請根據題意，選出正確的選項。

(　　) 1. 果物の中で、「みかん」が一番好きです。

　　　　(A) 蘋果　　　　(B) 鳳梨　　　　(C) 橘子　　　　(D) 草莓

(　　) 2. 「まっすぐ」行って、コンビニを右へ曲がってください。

　　　　(A) 靠左　　　　(B) 筆直的　　(C) 靠右　　(D) 向後走

(　　) 3. 「木曜日」に何か予定がありますか。

　　　　(A) 星期六　　　(B) 星期三　　　(C) 星期二　　　(D) 星期四

(　　) 4. この「万年筆」にはインクが入っていますか。

　　　　(A) 鋼筆　　　　(B) 原子筆　　　(C) 鉛筆　　　　(D) 螢光筆

(　　) 5. このプレゼントは雅美ちゃんから「もらった」。

　　　　(A) 送　　　　　(B) 給　　　　　(C) 得到　　　　(D) 買

解答：1. (C)　　2. (B)　　3. (D)
　　　　4. (A)　　5. (C)

JLPT N5

一般名詞

あ行 か行 さ行 た行 な行 は行 ま行 や行 ら行 わ行

～屋 ～店　　　Track 157

彼女はいつも週三回本屋に行く。　她總是一週去三次書店。

八百屋 蔬果店

私の実家は八百屋である。　我的老家是開蔬果店的。

野球 棒球

父は野球を見るのが好きです。　我爸爸喜歡看棒球。

約束 約定、承諾

約束を守らない人は信じられない。　不遵守約定的人不值得信任。

野菜 蔬菜

肉ばかり食べないで、野菜も食べなさい。　別光吃肉，蔬菜也要吃。

休み 休息、休假　　　Track 158

夏休みに台湾へ旅行に行くつもりです。　暑假預計要去台灣旅行。

やっ
八つ　八個、八歲

□□□

八百屋さんでみかんを八つ買った。　我在蔬果店買了八個橘子。

やま
山　山

□□□

先週の週末に家族と山でキャンプしました。　上個週末我和家人去山上露營。

ゆうがた
夕方　傍晚

□□□

部活が終わって家に帰る時はもう夕方でした。　結束社團活動要回家時已經是傍晚了。

ゆうはん
夕飯　晚飯

□□□

友達と飲みに行くから夕飯はいらない。　我要和朋友去喝一杯，所以別準備我的晚餐了。

ゆうびんきょく
郵便局　郵局

🔊 *Track 159*

□□□

帰宅の途中に、郵便局に寄ってきた。
回家途中我順路去了郵局。

ゆうべ
昨夜　昨晚

□□□

昨夜何かあったんですか。　昨晚有什麼事嗎？

ア行
カ行
サ行
タ行
ナ行
ハ行
マ行
ヤ行
ラ行
ワ行

あ行
か行
さ行
た行
な行
は行
ま行
や行
ら行
わ行

ゆき
雪　雪、雪白

雪が降って、寒くなった。　下雪後變冷了。

ゆび
指　手指

料理をしている時に包丁で指を切ってしまった。　煮飯時被菜刀切傷了手指。

ようか
八日　八號、八天

◀ Track 160

台湾では八月八日は父の日である。　八月八號在台灣是父親節。

ようじ
用事　(必須辦的) 事情、工作

今日は用事があって、そこに行けないんだ。　今天有必須要辦的事情，不能去那兒了。

ようふく
洋服　西服

その洋服はどこで買ったんですか。　那件西服是在哪裡買的？

よげん
予言　預言、預告（―する：預言）

あの先生は再来年に大地震が起きると予言した。　那位老師預言後年會發生大地震。

よこ
横　横、旁邊
□ □ □

横の線を描いてください。　請畫橫線。

よっか
四日　四號、四天
Track 161
□ □ □

彼らとの交流はたった四日間しか続きませんでした。　與他們只交流了四天。

よっ
四つ　四個、四歲
□ □ □

彼女がついたうそは四つもあって、信じられない。　她竟然說了四個謊，不敢置信。

よる
夜　夜、夜晚
□ □ □

フクロウは夜だけ出てくる動物です。　貓頭鷹是只有晚上會出來活動的動物。

よん
四　四
□ □ □

私の部屋は四階にあります。　我的房間在四樓。

休む（やす）　休息

Track 162 □ □ □

過労（かろう）にならないように、休（やす）みましょう。 請好好休息，不要造成過勞。

やる　做、給

□ □ □

やることがないので退屈（たいくつ）している。 無事可做所以正覺得無聊。

呼ぶ（よ）　喊、呼喚、稱呼

□ □ □

今（いま）すぐ先生（せんせい）を呼（よ）んできてください。 請現在立刻把老師找來。

読む（よ）　看、讀

□ □ □

その作者（さくしゃ）の本（ほん）を読（よ）む事（こと）がすきです。 我喜歡看那位作者的書。

やさ
易しい 簡單的

◀══ *Track 163*

□□□

かれ　　　　　ひと　まね　　　　　　　やさ
彼にとって、人の真似をするのは易しいです。 對他來說模
仿人很容易。

やす
安い 便宜的

□□□

やす　かかく
こんなに安い価格はありえない。 怎麼可能有這麼便宜的價格。

ゆうめい
有名 有名的

□□□

しょうらいゆうめい　　　　か しゅ
将 来有名な歌手になりたい。
我希望未來能成為有名的歌手。

よい 好的

□□□

さけ　じゅん び
よい酒を 準 備しておきます。 準備好上等的酒。

よわ
弱い 弱的、脆弱的、不具耐性的

□□□

かのじょ　　　さけ よわ　　　　　　　　　　いっぱい　よ
彼女はお酒が弱く、ビール一杯で酔ってしまう。 她酒量
不好，一杯啤酒就會醉。

[副詞]

ゆっくり　慢慢地（—する：慢慢）

Track 164

□□□

足_{あし}をゆっくり動_{うご}かしてみてください。　請試著慢慢活動你的腳。

よく　好好地、十分地、經常地

□□□

週_{しゅうまつ}末にはよく図書館_{としょかん}へ行_いきます。　我週末經常去圖書館。

Note

JLPT N5

一般名詞

ラーメン　拉麵

Track 165

この後ラーメンを食べに行こう。　等會一起去吃拉麵吧。

らいげつ
来月　下個月

来月アメリカの大統領は来日の予定がある。　美國的總統預定下個月來日本。

らいしゅう
来週　下週

来週の月曜日は彼女の誕生日です。　下週的星期一是她的生日。

らいねん
来年　明年

来年のこの時期も一緒に来てね。　明年的這個時期也請一起來。

ラジオ　收音機

今ラジオで何を放送していますか。　現在收音機正在放什麼呢？

ラジカセ　收錄音機

Track 166

電気屋さんでラジカセを買った。　我在電器店買了收錄音機。

りゅうがく
留学　留學（―する：留學）　□□□

いもうと　らいねん　　　　　　　りゅうがく
妹 は来年からアメリカに 留 学する。　妹妹從明年開始要去美
國留學。

りゅうがくせい
留学生　留學生　□□□

にほん　　　　　たいわん　りゅうがくせい　ひじょう　おお
日本にいる台湾の 留 学生が非 常 に多い。　在日本有非常多台
灣的留學生。

りょう
寮　宿舍　□□□

だいがくいちねんせい　　　　　りょう　す
大学一年生のとき、 寮 に住んでいた。　大學一年級時我住在宿舍。

りょうしん
両親　雙親　□□□

りょうしん　ともばたら　　　　　いもうと　めんどう　わたし　み
両 親が共 働 きのため、 妹 の面倒は 私 が見ている。
因為父母都在工作，所以妹妹都是我在照顧。

りょうり
料理　料理（―する：煮飯、下廚）　🔊 *Track 167*　□□□

こんばん　ちゅうかりょうり
今晩は 中 華 料 理にしよう。　今晚就吃中華料理吧。

りょこう
旅行　旅行（―する：旅行）　□□□

しゅうがくりょこう　　　　　　　い
修 学旅行はどこへ 行きましたか。　畢業旅行去了哪裡呢？

あ行
か行
さ行
た行
な行
は行
ま行
や行
ら行
わ行

りんご　蘋果

果物の中で、りんごが一番嫌いです。　所有水果之中，我最討厭蘋果。

冷蔵庫　冰箱

冷蔵庫に入っているお茶を取ってきてくれない？　能幫我拿放在冰箱裡的茶來嗎？

レポート　報告

早くレポートを出してください。　請快點交報告。

練習　練習（―する：練習）

Track 168

どうやって練習すればあなたのように上手になるのか。　要怎麼練習才能做得像你一樣好

廊下　走廊

廊下で寝る事が大好きです。　我喜歡睡在走廊。

ローマ字　羅馬拼音

その単語をローマ字で表記してください。　請將那個單字以羅馬拼音表示。

六 六 <ruby>六<rt>ろく</rt></ruby>

□□□

<ruby>大学卒業<rt>だいがくそつぎょう</rt></ruby>に<ruby>六年<rt>ろくねん</rt></ruby>かかりました。 大學花了六年才畢業。

ロシア 俄羅斯

□□□

ロシアに<ruby>行<rt>い</rt></ruby>った<ruby>事<rt>こと</rt></ruby>がありません。 我沒去過俄羅斯。

ロビー 大廳、休息室

□□□

お<ruby>客<rt>きゃく</rt></ruby>さんがロビーで<ruby>待<rt>ま</rt></ruby>っている。 客人在大廳等待。

りっぱ
立派　華麗的、卓越的

◀€ *Track 169*
□ □ □

その立派な服装をしている女性はだれですか。　那位穿著華

麗衣裳的女性是誰呢？

Note

JLPT N5

わ/ワ行

ワイシャツ　男生的襯衫

🔊 *Track 170*

彼氏の誕生日に、ワイシャツをプレゼントしました。 在男朋友生日時，我買了襯衫作為他的禮物。

ワイン　葡萄酒

白ワインと赤ワイン、どっちが好きですか。 白酒跟紅酒，你比較喜歡哪一種？

わたくし 私　我 (用於正式場合)

今度の事件は 私 の責任です。 這次的事件是我的責任。

わたし 私　我

私 の息子は今高校生です。 我的兒子現在是高中生。

[動詞]

ア行 カ行 サ行 タ行 ナ行 ハ行 マ行 ヤ行 ラ行 ワ行

🔊 *Track 171*

わかる　了解、明白、懂

彼が言った事がわかりますか。　你明白他說的事情嗎？

忘れる（わす）　忘記

電車に傘を忘れてしまいました。　不小心把傘忘在電車上了。

渡す（わた）　擺渡、遞給

先輩にこの手紙を渡してくれない？
可以幫我把這封信交給學長嗎？

渡る（わた）　渡、經過

歩道橋を渡ったらすぐ学校に着きます。　過了天橋後馬上就
會到學校。

笑う（わら）　笑

あなたは笑っている時が一番きれいだ。　你笑著的時候最美。

形容詞

わか
若い 年輕的

 Track 172

彼女は実年齢より若く見えます。 她看起來比實際年齡年輕。

わる
悪い 壞的

先生に頭が悪いと言われた。 老師說我的頭腦很差。

請根據題意，選出正確的選項。

（　　）1. お客さんが「ロビー」で待っている。

(A) 一樓　　　　(B) 大廳　　　(C) 客廳　　　　(D) 會議室

（　　）2. 私の実家は「八百屋」である。

(A) 美妝店　　　(B) 雜貨店　　(C) 超市　　　　(D) 蔬果店

（　　）3. 彼が言った事が「わかります」か。

(A) 明白　　　　(B) 聽到　　　(C) 疑惑　　　　(D) 記錄

（　　）4. 「よい」酒を 準備しておきます。

(A) 高級　　　　(B) 評價　　　(C) 好的　　　　(D) 溫的

（　　）5. 「廊下」で寝る事が大好きです。

(A) 客廳　　　　(B) 走廊　　　(C) 屋簷下　　　(D) 臥室

（　　）6. 先生に頭が「悪い」と言われた。

(A) 邪惡　　　　(B) 壞的　　　(C) 靈光的　　　(D) 完美的

（　　）7. その「立派」な服装をしている女性はだれですか。

(A) 邋遢的　　　(B) 正式的　　(C) 奇怪的　　　(D) 華麗的

解答：1. (B)　　2. (D)　　3. (A)　　4. (C)
　　　5. (B)　　6. (B)　　7. (D)

( ) 1. ＿＿＿は硬いです。
(A) 朝　(B) 石　(C) 間　(D) 洗う

( ) 2. 一緒に＿＿＿しに行きませんか。
(A) 散歩　(B) 桜　(C) 可愛い　(D) 先週

( ) 3. 母さんは＿＿＿で魚を買いました。
(A) スーパー　(B) 学校　(C) スポーツ　(D) テーブル

( ) 4. ＿＿＿を書きました。
(A) 船　(B) ペット　(C) 厳しい　(D) 手紙

( ) 5. 明日、妹は＿＿＿へ行きます。
(A) 秋　(B) うどん　(C) イギリス　(D) 絵

( ) 6. 夏になったら、お父さんと一緒に＿＿＿に行きます。
(A) 危ない　(B) 浴びる　(C) 海　(D) カード

( ) 7. 彼は＿＿＿人です。
(A) お腹　(B) 一昨日　(C) 大人　(D) インド

( ) 8. うちは３人＿＿＿です。
(A) 家族　(B) 学校　(C) 肩　(D) 昨日

( ) 9. ＿＿＿を着て、祇園祭に行きたいです。
(A) 黄色い　(B) 山　(C) 着物　(D) グラス

( ) 10. 何か＿＿＿がありませんか。
(A) 汚い　(B) 質問　(C) 水泳　(D) 食事

( ) 11. 彼は親切で＿＿＿な人です。
(A) 涼しい　(B) 少し　(C) 素敵　(D) 言葉

( ) 12. 放課後、＿＿＿＿＿で寝てしまいました。
(A) 教室　(B) ゴルフ　(C) 母　(D) 帰る

( ) 13. ギターを＿＿＿＿＿男の人は父です。
(A) 書いてある　(B) 弾いている　(C) 髪　(D) 吹いている

( ) 14. これは母に＿＿＿＿＿ことです。
(A) 聞けない　(B) 開けない　(C) 降らない　(D) 話せない

( ) 15. うどんより＿＿＿のほうが好きです。
(A) ラーメン　(B) 靴　(C) 山　(D) ロビー

( ) 16. この辺に病院が＿＿＿です。
(A) ペン　(B) 歩く　(C) 辛い　(D) ない

（　　）17. ペットを＿＿＿たいです。
  　　　(A) 食べ　(B) 飼い　(C) 寝　(D) 書き

（　　）18. 彼女の＿＿＿＿傘は綺麗です。
  　　　(A) 海　(B) 近い　(C) 黄色い　(D) 釣り

（　　）19. 昨日の日本語のテストは＿＿＿です。
  　　　(A) どこ　(B) 簡単　(C) どなた　(D) どうして

（　　）20. みかんを＿＿＿食べました。
  　　　(A) 七つ　(B) 二十四日　(C) 猫　(D) 長い

（　　）21. 林さんは＿＿＿＿ですか。
  　　　(A) 鼻　(B) 番号　(C) ビザ　(D) 会社員

（　　）22. コンビニの入口は＿＿＿です。
  　　　(A) 左　(B) 色　(C) 鉛筆　(D) おにぎり

（　　）23. バスの乗り場は＿＿＿ですか。
  　　　(A) どなた　(B) だれ　(C) どこ　(D) どうも

（　　）24. 彼は＿＿＿朝から晩まで働いている。
  　　　(A) 毎日　(B) 毎週　(C) 明日　(D) 昨日

（　　）25. これは＿＿＿の手帳ですか。
  　　　(A) あちら　(B) 牛　(C) 後　(D) 誰

（　　）26. 机の上に＿＿＿でください。
  　　　(A) 座らない　(B) ロシア　(C) 狭い　(D) ワイン

（　　）27. 明日、先生に＿＿＿を出してください。
  　　　(A) 味　(B) 生け花　(C) レポート　(D) 今

（　　）28. お婆さんはわたしのことを＿＿＿いません。
  　　　(A) 踊って　(B) 覚えて　(C) 置いて　(D) 歩いて

（　　）29. 一人でも＿＿＿です。
  　　　(A) 大丈夫　(B) 高い　(C) 綺麗　(D) 甘い

（　　）30. ＿＿＿で神戸に行こう。
  　　　(A) 車　(B) 教室　(C) ケーキ　(D) わたし

（　　）31. 来年、彼は＿＿＿＿します。
  　　　(A) 働く　(B) 結婚　(C) 交番　(D) 帰る

（　　）32. 答えを＿＿＿に書いてください。
  　　　(A) 箸　(B) パスタ　(C) パンチ　(D) ノート

（　　）33. ＿＿＿を飲んだら元気になります。
  　　　(A) うどん　(B) コーヒー　(C) コップ　(D) ゴルフ

（　　）34. ＿＿寝なさい。
(A) 強く　(B) 早く　(C) 面白く　(D) 広く

（　　）35. あのお金持ちは＿＿万年筆を買いました。
(A) 高い　(B) 立派だ　(C) 明日　(D) 若い

（　　）36. 田中さんにこの＿＿を渡してください。
(A) コンビニ　(B) 本　(C) これ　(D) 一番

（　　）37. あの黒い＿＿を着ている人は私の韓国語先生です。
(A) 靴　(B) 帽子　(C) スカート　(D) セーター

（　　）38. 鉛筆を＿＿に入れます。
(A) ポケット　(B) 教室　(C) 手帳　(D) 手紙

（　　）39. この赤い＿＿を押さないでください。
(A) 鍵　(B) 店　(C) ボタン　(D) すし

（　　）40. 秋田さんは時々＿＿＿を吸います。
(A) タバコ　(B) 卵　(C) ダンス　(D) チョコレート

（　　）41. この鞄は＿＿です。
(A) 重い　(B) 消す　(C) 切る　(D) 多い

（　　）42. 今日、涼子さんはわたしと＿＿靴を履いてきました。
(A) 重い　(B) 汚い　(C) 遅い　(D) 同じ

（　　）43. 今日の＿＿で、先生と一緒に日本語の歌を歌いました。
(A) 授業　(B) 内　(C) 大勢　(D) 作文

（　　）44. ＿＿が降っている。
(A) 魚　(B) 雨　(C) 味噌　(D) 森

（　　）45. 彼女と京都で＿＿を見に行きました。
(A) もらう　(B) 紅葉　(C) 六つ　(D) 耳

（　　）46. ＿＿な人になりたいです。
(A) かわいい　(B) 立派　(C) 医者　(D) 高い

（　　）47. 光子さんはわたしの＿＿な友達です。
(A) 大きい　(B) 正しい　(C) 大切　(D) 冷たい

（　　）48. 今日は木曜日です。明日は＿＿＿です。
(A) 水曜日　(B) 金曜日　(C) 月曜日　(D) 火曜日

（　　）49. 琵琶湖で＿＿たいです。
(A) 泳ぎ　(B) 寝　(C) 歩く　(D) 狭い

（　　）50. 遊園地は＿＿です。
(A) 高い　(B) 大変　(C) 賑やか　(D) 辛い

（B）1. 中譯 石頭很硬。
(A) 早上　(B) 石頭　(C)……之間　(D) 洗

（A）2. 中譯 要不要一起去散步？
(A) 散步　(B) 櫻花　(C) 可愛　(D) 上週

（A）3. 中譯 媽媽在超市買了魚。
(A) 超市　(B) 學校　(C) 運動　(D) 桌子

（D）4. 中譯 （我）寫了信。
(A) 船　(B) 寵物　(C) 嚴厲的　(D) 信

（C）5. 中譯 妹妹明天要去英國。
(A) 秋天　(B) 烏龍麵　(C) 英國　(D) 畫

（C）6. 中譯 夏天時要和爸爸一起去海邊。
(A) 危險　(B) 洗　(C) 海；海邊　(D) 卡片

（D）7. 中譯 他是印度人。
(A) 肚子　(B) 前天　(C) 大人　(D) 印度

（A）8. 中譯 我們家有 3 個人。
(A) 家人　(B) 學校　(C) 肩　(D) 昨天

（C）9. 中譯 想要穿著和服去參加祇園祭。
(A) 黃色　(B) 山　(C) 和服　(D) 玻璃杯

（B）10. 中譯 有沒有什麼問題？
(A) 髒的　(B) 問題　(C) 游泳　(D) 吃飯

（C）11. 中譯 他是一個很親切又很棒的人。
(A) 涼爽的　(B) 一點　(C) 很棒的　(D) 言語、言詞

（A）12. 中譯 放學後不小心在教室睡著了。
(A) 教室　(B) 高爾夫球　(C) 母親　(D) 回去

（B）13. 中譯 正在彈吉他的男人是我爸爸。
(A) 正在寫　(B) 正在彈　(C) 頭髮　(D) 正在吹拂

（D）14. 中譯 這是不能跟媽媽說的事。
(A) 不能聽　(B) 不能開　(C) 不會下　(D) 不能說

（A）15. 中譯 比起烏龍麵，更喜歡拉麵。
(A) 拉麵　(B) 鞋子　(C) 山　(D) 大廳

（D）16. 中譯 這附近沒有醫院。
(A) 原子筆　(B) 走路　(C) 辛苦的　(D) 沒有

（B）17. 中譯 想養寵物。
(A) 吃　(B) 養　(C) 睡　(D) 寫

（C）18. 中譯 她的黃傘很漂亮。
(A) 海　(B) 近的　(C) 黃色　(D) 釣魚

（B）19. 中譯 昨天的日文測驗很簡單。
(A) 哪裡　(B) 簡單　(C) 哪位　(D) 為什麼

（A）20. 中譯 吃了 7 個橘子。
(A) 七個　(B)24 號　(C) 貓　(D) 長的

（D）21. 中譯 林先生是公司職員。
(A) 鼻子　(B) 號碼　(C) 簽證　(D) 公司職員

（A）22. 中譯 便利商店的入口在左邊。
(A) 左邊　(B) 顏色　(C) 鉛筆　(D) 飯糰

（C）23. 中譯 請問巴士的候車處在哪裡呢？
(A) 哪位　(B) 誰　(C) 哪裡　(D) 謝謝

（A）24. 中譯 他每天都從早到晚在工作。
(A) 每天　(B) 每週　(C) 明天　(D) 昨天

（D）25. 中譯 這是誰的記事本？
(A) 那邊　(B) 牛　(C) 後面　(D) 誰

（A）26. 中譯 請不要坐在桌子上。
(A) 不要坐　(B) 俄羅斯　(C) 狹窄的　(D) 酒

（C）27. 中譯 明天請把報告交給老師。
(A) 味道　(B) 插花　(C) 報告　(D) 現在

（B）28. 中譯 奶奶已經不記得我了。
(A) 跳舞　(B) 記得　(C) 放置　(D) 走路

（A）29. 中譯 就算一個人也沒問題。
(A) 沒問題　(B) 很高的　(C) 很美的　(D) 很甜的

（A）30. 中譯 我們開車去神戶吧。
(A) 車子　(B) 教室　(C) 蛋糕　(D) 我

（B）31. 中譯 他明年要結婚了。
(A) 工作　(B) 結婚　(C) 派出所　(D) 回去

（D）32. 中譯 請把答案寫在筆記本上。
(A) 筷子　(B) 義大利麵　(C) 打洞機　(D) 筆記本

（B）33. 中譯 喝了咖啡就會變得有精神。
(A) 烏龍麵　(B) 咖啡　(C) 杯子　(D) 高爾夫球

（B）34. 中譯 快點睡。
(A) 很強的　(B) 很早的　(C) 有趣的　(D) 廣大的

（A）35. 中譯 那個有錢人買了很貴的鋼筆。
(A) 很貴的　(B) 卓越的　(C) 明天　(D) 年輕的

（B）36. 中譯 請把這本書交給田中先生。
(A) 便利商店　(B) 書　(C) 這個　(D) 第一名

（D）37. 中譯 那個穿著黑色毛衣的人是我的韓文老師。
(A) 鞋子 (B) 帽子 (C) 裙子 (D) 毛衣

（A）38. 中譯 把鉛筆放進口袋。
(A) 口袋 (B) 教室 (C) 記事本 (D) 信

（C）39. 中譯 請不要按這個紅色按鈕。
(A) 鑰匙 (B) 店 (C) 按鈕；鈕扣 (D) 壽司

（A）40. 中譯 秋田先生有時候會抽菸。
(A) 菸 (B) 蛋 (C) 跳舞 (D) 巧克力

（A）41. 中譯 這個包包很重。
(A) 重的 (B) 消失 (C) 切 (D) 很多的

（D）42. 中譯 涼子小姐今天跟我穿了同一雙鞋子。
(A) 重的 (B) 髒的 (C) 慢的 (D) 一樣的

（A）43. 中譯 今天上課的時候，和老師一起唱了日文歌。
(A) 上課 (B) 裡面 (C) 很多 (D) 作文

（B）44. 中譯 正在下雨。
(A) 魚 (B) 雨 (C) 味噌 (D) 森林

（B）45. 中譯 和女朋友一起去京都看了紅葉。
(A) 接受 (B) 紅葉 (C) 六個 (D) 耳朵

（B）46. 中譯 想要成為一個卓越的人。
(A) 可愛的 (B) 卓越的 (C) 醫生 (D) 高的

（C）47. 中譯 光子小姐是我最重要的朋友。
(A) 大的 (B) 正確的 (C) 重要的 (D) 涼的

（B）48. 中譯 今天是星期四。明天是星期五。
(A) 星期三 (B) 星期五 (C) 星期一 (D) 星期二

（A）49. 中譯 想在琵琶湖裡游泳。
(A) 游泳 (B) 睡覺 (C) 走路 (D) 狹窄的

（C）50. 中譯 遊樂園很熱鬧。
(A) 高的 (B) 重大的 (C) 熱鬧的 (D) 辛苦的

原來如此 系列 J053

JLPT新日檢【N5字彙】
考前衝刺大作戰

掌握日檢必考單字，用最少的時間準備也能輕鬆應考，一試合格！

作　　者	費長琳、黃均亭◎合著
顧　　問	曾文旭
社　　長	王毓芳
編輯統籌	耿文國、黃璽宇
主　　編	吳靜宜
執行主編	潘妍潔
執行編輯	吳芸蓁、吳欣蓉
美術編輯	王桂芳、張嘉容
特約校對	楊孟芳
特約編輯	徐柏茵
法律顧問	北辰著作權事務所　蕭雄淋律師、幸秋妙律師

初　　版	2022年06月
出　　版	捷徑文化出版事業有限公司
電　　話	（02）2752-5618
傳　　真	（02）2752-5619

定　　價	新台幣250元／港幣83元
產品內容	1書

總 經 銷	采舍國際有限公司
地　　址	235新北市中和區中山路二段366巷10號3樓
電　　話	（02）8245-8786
傳　　真	（02）8245-8718

港澳地區經銷商	和平圖書有限公司
地　　址	香港柴灣嘉業街12號百樂門大廈17樓
電　　話	（852）2804-6687
傳　　真	（852）2804-6409

本書圖片由Shutterstock提供

捷徑Book站

本書如有缺頁、破損或倒裝，
請聯絡捷徑文化出版社。

【版權所有　翻印必究】

國家圖書館出版品預行編目資料

JLPT新日檢【N5字彙】考前衝刺大作戰 /
費長琳, 黃均亭合著. -- 初版. -- [臺北市]：
捷徑文化出版事業有限公司, 2022.06
面；　公分. --（原來如此：J053）
ISBN 978-626-7116-04-3(平裝)
1. CST: 日語　2. CST: 詞彙　3. CST: 能力測驗
803.189　　　　　　　　　　　111006080